U0066092

精華典藏版

阿Q正傳

THE TRUE STORY
OF AH Q

魯迅———著

魯迅是中國近百年小說發展史上最偉大的文學巨匠，
也是享譽國際的偉大作家，他的作品無論在藝術或思想上，
都有著極為深邃的影響力和穿透力；
阿Q就是魯迅筆下最具代表性的諷刺角色，
《阿Q正傳》呈現了混亂時代的脈動，
反映出病態社會的悲哀，人性的善良與醜惡……

【名家推薦】

魯迅是中國的現代著名作家，新文化運動的領導人之一，現代文學的奠基人和開山巨擘，在西方世界享有盛譽的中國近代文學家、思想家。作品包括雜文、短篇小說、評論、散文、翻譯作品，對於五四運動後的中國文學有著深刻的影響。蜚聲世界文壇，尤其在韓國、日本思想文化領域有極為崇高的地位和影響，被譽為「二十世紀東亞文化地圖上占最大領土的作家」。

● 魯迅是二十世紀亞洲最偉大作家。

——日本作家大江健三郎

● 魯迅是中國二十世紀無人可及，也無法逾越的作家。

——德國漢學家顧彬

● 魯迅是個自由主義者，絕不會為外力所屈服，魯迅是我們的人。

——名思想家胡適

● 魯迅立志用小說改變人們愚弱的精神，用深刻的思想和完美的藝術形式，為五四新文學開路，他要以智慧的光輝照徹愚蠢的過去。

——名作家朱自清

● 魯迅的散文是惡辣，著名的「刀筆」，用於諷刺是很深刻有味的。沒有魯迅的辛辣鋒利性格，而要寫魯迅的諷刺深刻的文章，那是多麼令人作嘔。

——名作家梁實秋

● 他是這一時代的紀念碑，在文藝上，事事他關心，事事他有很高的成就。魯迅的精神就是不屈不撓，不自滿，不自餒。

——名作家老舍

● 如問中國自有新文學運動以來，誰最偉大？誰最能代表這個時代？

我將毫不躊躇地回答：是魯迅。魯迅的小說，比之中國幾千年來所有這方面的傑作，更高一步。

——名作家郁達夫

以十二年光陰成此許多作品，他的感想之豐富，觀察之深刻，意境之雋永，字句之正確，他人所苦思力索而不易得當的，他就很自然的寫出來，這是何等天才！何等學力！

——名教育家蔡元培

他垂老不變的青年的熱情，到死不屈的戰士精神，將和他深湛的著作永留人間。

——名作家巴金

在我的心目中，魯迅先生是一位卓越的「文體家」。在歐陸，尤其在法國，「文體家」是對文學家的最高尊稱。

——名作家木心

他是一位熱愛民族，並且為民族而戰鬥的作家，我想他是中國的「高爾基」。

——德國作家魯特‧維爾納

【出版序】

病態社會的醜陋與悲哀

● 王渡

在《阿Q正傳》中，魯迅則藉著卑微人物阿Q被侮辱、被損害、被出賣，道盡了世間眾生的真實面貌──宿命意識、失敗主義、欺善怕惡、假仁假義、犬儒性格……等。

中國近代文壇上，幾乎沒有一個作家像魯迅一樣，去世幾十年後不論人品與作品仍被推崇備至，甚至被譽為「中華民族心靈的鏡子」。

魯迅（一八八一～一九三六），原名周樹人，浙江紹興人，是中國最早用西式新體寫小說的新文學舵手，也是備受推崇、享譽國際的偉大作家，堪稱中國近百年小說發展史上最偉大的文學巨匠，他的作品無論在藝術或思想上，都有著深遠的影響力和穿透力。

魯迅既是文筆簡潔凝練的文學家，也是雋永深刻的思想家，由於成長過程家道丕變，習慣「以冷若冰霜的眼睛，洞穿一切卑鄙的人間伎倆」。

魯迅出生於仕宦之家，祖父是前清進士，擔任過知縣、內閣中書等官職，外祖父也是舉人出身，父親則是會稽秀才，雖數度參加鄉試落榜，仍是名重一方的士紳。從魯迅自傳式的散文集《朝花夕拾》中可以得知，他的童年不愁生計，過得頗為安逸快樂。

但是，一八九三年，魯迅的祖父因為在浙江鄉試中為親友疏通關節，而獲罪下獄七年。

家中遭逢劫難的這段期間，魯迅的父親又不幸罹患狂血病，家道驟然中落，必須靠著典當度日與治病，年幼的魯迅幾乎每天出入當舖和藥舖，遍嘗人世的勢利與現實。

他在短篇小說集《吶喊》的序文中寫道：「藥店的櫃檯正和我一樣高，質舖（當舖）的則是比我高一倍，我從一倍高的櫃檯外送上去衣服或

首飾，在侮蔑裡接了錢，再到一樣高的櫃檯上給我久病的父親去買藥，回家立刻煎藥服侍父親吃藥……」

《魯迅遠景》的作者日籍作家竹內石認為，正是這種惡劣的環境的磨練，使得魯迅在日後的文學生涯保持著「橫眉冷對千夫指」的硬骨頭精神。

魯迅受到父親身染絕症的影響，從新式學堂畢業後，立志遠赴日本學醫。一九〇二年，魯迅考取公費前赴日本留學，先入東京弘文書院修習日語，然後進入仙台醫學專門學校就讀。

後來，日俄戰爭爆發，日本軍方槍斃了充當俄國間諜的「支那奴」（中國奴才），並在各個學校廣為宣揚，軍國主義高張下，來自「支那」的魯迅也蒙受了異樣的歧視眼光，因而決心棄醫從文。

他在《藤野先生》裡回憶說：「從那一回後，我便覺得學醫並非一件要緊的事，凡是愚弱的國民，即使體格如何的健全，如何茁壯，也只能做到毫無意義的示眾材料和看客，病死多少是不必以為不幸的。所以，我們

的第一要著，是改變他們的精神……」

後來，魯迅懷著滿腔熱血，立志用小說改變人們愚弱的精神，更用深刻的思想和完美的藝術形式，為五四新文學開路；這也難怪名作家朱自清會推崇說，魯迅的憎正由於他的愛，他的冷嘲其實是熱諷，這是「理智的結晶」。

朱自清在評論魯迅及其作品時說，魯迅的創作是在五四前後所謂啓蒙時代，創作背景大部分是在清末民初的鄉村或小城市裡，一方面是因為這些是他最熟悉的，另一方面也因為那是一個重新估定價值的時代，他要以智慧的光輝照徹愚蠢的過去。

對於中國近代小說發展過程，評論家嚴家炎曾經做出極為精妙的概括：「中國現代小說在魯迅手中開始，也在魯迅手中成熟。」

魯迅動手創作小說之前，曾閱讀過百多篇外國著名作品，創作內容則大多取材於「病態社會的不幸人們」，傳達他們痛苦的呼聲、苦悶失望掙

扎的情緒，發掘他們潛在堅韌的生命力；也因此，他的小説被譽爲中國現

代文學最偉大、最深刻的文學作品，鮮少有其他作家足以與魯迅的卓越成

就相提並論。

魯迅挾著耀眼光芒登上文壇的第一篇小説是《狂人日記》，代表作則

首推《阿Ｑ正傳》。

在《狂人日記》中，魯迅揭露「禮教吃人」的猙獰面目，繼而譏諷那

些衛道的僞君子「話中全是毒，笑中全是刀」。他以諷刺的筆調寫著：

「我翻開歷史一查，這歷史沒有年代，歪歪斜斜的每一頁上寫著『仁義道

德』幾個字……滿本都寫著兩個字是『吃人』！」

在《阿Ｑ正傳》中，魯迅則藉著卑微人物阿Ｑ被侮辱、被損害、被出

賣，道盡了世間眾生的眞實面貌——宿命意識、失敗主義、欺善怕惡、假

仁假義、犬儒性格……等。

阿Ｑ堪稱是魯迅筆下最負盛名，也是最典型最深刻的諷刺角色，呈現

了混亂時代的脈動，反映出病態社會的悲哀無奈，人性的善良與醜惡。

時至今日，「阿Q」已經成為一個專有名詞，用來形容自欺自大的精神勝利法，即使是不曾看過魯迅作品的人，也能明白所謂「阿Q精神」所代表的意義；由此不難想見《阿Q正傳》對整個華人世界的深遠而巨大影響。

魯迅的小說除了深澈冷雋的思想之外，筆下的人物往往讓人印象深刻，就像一座挖不盡的寶山，越讀越受感動。

這也難怪朱自清會說，魯迅的文章是現代文學裡百讀不厭的作品，裡頭的幽默是嚴肅的，不是油腔滑調的，更不只是為幽默而幽默，而是理智的結晶：讀魯迅的小說，每隔若干時候再讀一遍，相信都會再受感動，認識的層面會有更進一步的提昇。

【推薦序】

他是這個時代的紀念碑

● 老舍

在文藝上，事事他關心，事事他有很高的成就。他以最大的力量，把感情、思想、文字，容納在一兩千字裡，像塊玲瓏的瘦石，而有手榴彈的作用。

我所認識的魯迅先生，是從他的著作中見到的，我沒有與他會過面。

當魯迅先生創造出阿Q的時候，我還沒想到到文藝界來做一名小卒，所以就沒有訪問求教的機會與動機。

及至先生住滬，我又不喜到上海去，故又難得相見。

四年前的初秋，我到上海，朋友們約我吃飯，也約先生來談談。可是，先生的信須由一家書店轉遞：他第二天派人送來信，說：昨天的信送

到得太晚了。我匆匆北返，二年的工夫沒能再到上海，與先生見面的機會遂永遠失掉！

在一本什麼文學史中（書名與著者都想不起來了），有大意是這樣的一句話：「魯迅自成一家，後起摹擬者有老舍等人。」

這話說得對，也不對。

不對，因為我是讀了些英國的文藝之後，才決定也來試試自己的筆，狄更斯是我在那時候最愛讀的，下至於烏德豪司與哲扣布也都使我欣喜。這就難怪我一拿筆，便向幽默這邊滑下來了。

對，因為像阿Q那樣的作品，後起的作家們簡直沒法不受它的影響；即使在文學與思想上不便去摹仿，可是至少也要得到一些啓示與靈感。它的影響是普遍的。一個後起的作家，儘管說他有他自己的創作的路子，可是他良心上必定承認他欠魯迅先生一筆債。魯迅先生的短文與小說才眞使新文藝站住了腳，能與舊文藝對抗。

這樣，有人說我是「魯迅派」，我當然不願承認，可是絕不肯昧著良心否認阿Q的作者的偉大，與其作品的影響的普遍。

我沒見過魯迅先生，只能就著他的著作去認識他，可是現在手中連一本書也沒有，不能引證什麼了，憑他所給我的印象來作這篇紀念文字吧。

這當然不會精密，容或還有很大的錯誤，可是一個人的著作能給讀者以極強極深的印象，即使其中有不盡安確之處，是多麼不容易呢！

看了泰山的人，不一定就認識泰山，但是泰山的高偉是他畢生所不能忘記的，他所看錯的幾點，並無害於泰山的偉大。

看看魯迅全集的目錄，大概就沒人敢說：這不是個淵博的人。可是淵博二字還不是對魯迅先生的恰好的讚詞。

學問淵博並不見得必是幸福。有的人，正因其淵博，博覽群籍，出經入史，所以他反倒不敢道出自己的意見與主張，而取著述而不作的態度。這種人好像博物院的看守者，只能保守，而無所施展。

有的人，因爲對某種學問或藝術的精究博覽，就慢慢的擺出學者的架子，把自己所知的那些視爲研究的至上品，此外別無他物値得探討，自己的心得是前無古人，後無來者；假若他也喜創作的話，他必是從他所閱覽過的作品中，求字字句句有出處，有根據：他「作」而不「創」。他犧牲在研究中，而且犧牲得冤枉。

讓我們看看魯迅先生吧。

在文藝上，他博通古今中外，可是這些學問並沒把他嚇住。

他寫古文古詩寫得極好，可並不尊唐或崇漢，把自己放在某派某宗裡去，以自尊自限。

古體的東西他能作，新的文藝無論在理論上與實驗上，他又都站在最前面；他不以對舊物的探索而阻礙對新物的創造。他對什麼都有研究的趣味，而永遠不被任何東西迷住心。

他隨時研究，隨時判斷。他的判斷力使他無論對舊學問或新知識都敢

說話。他的話，不是學究的掉書袋，而是準確的指示給人們以繼續研討的道路。

學問比他更淵博的，以前有過，以後還有；像他這樣把一時代治學的方法都抓住，左右逢源的隨時隨事都立在領導的地位，恐怕一個世紀也難見到一兩位吧。

吸收了五四運動的「從新估價」的精神，他疑古反古，把每時代的東西還給每時代。

博覽了東西洋的文藝，他從事翻譯與創作。他疑古，他也首創，他能寫極好的古體詩文，也熱烈的擁護新文藝，並且牽引著它前進。

他是這一時代的紀念碑。在文藝上，事事他關心，事事他有很高的成就。天才比他小一點的，努力比他少一點的，只能循著一條路線前進，或精於古，或專於新；他卻像十字路口的警察，指揮著全部交通。

在某一點上，有人能突破他的紀錄，可是有誰敢和他比比「全能」比

賽呢！

也許有人會說：在文藝理論方面，魯迅先生只盡了介紹的責任，並未曾建設出他自己的有系統的學說；而且所介紹的也顯著雜亂不純。

假若這話是對的，就請想想看吧，批判別人的時候，不是往往忘卻別人的努力，而老嫌人家做得不夠嗎？

設若能看到這一點，我們不是應當看看自己，我們自己假如也把研究、創作、翻譯，同時並作，像魯迅先生那樣，我們的成績又能有多少呢？

我們就是對於一位聖人，也應不客氣的批評，可是我們也應當曉得批評不僅是發威，而是於批評中，取得被批評者的最良最崇高的精神，以自策自勵。

魯迅先生能於整理國故而外，去介紹，去翻譯，就已經是難能可貴的事。一個人的精力與天才永遠不能完全與他的志願與計劃相配合，人生最

大的苦痛啊！只有明知這苦痛是越來越深，而殺上前去，以身殉志的，才是英雄。

魯迅先生的精神便是永遠不屈不撓，不自滿，不自餒。魯迅先生的精神能以不死，那就靠後起者也能死而後已的繼續努力。

抓住一位英雄的弱點以開心自慰，既無損於英雄，又無益於自己，何苦來呢！

還有人也許說，魯迅先生的後期著作，只是一些小品文，未免可惜，假若他能閉戶寫作，不問外面的事，也許能寫出比阿Ｑ更偉大的東西，豈不更好？

是的，魯迅先生也許能那樣的寫出更偉大的作品。可是，那就不成其為魯迅先生了。

希望魯迅先生去專心著作的人，雖然用著惋惜的語調，可是心中實在暗暗的不滿意！不滿意他因愛護青年，幫忙青年，而用去許多時間；不滿

意他因好管閒事而浪費了許多筆墨。

我不曉得假若魯迅先生關上屋門，立志寫偉大的作品，能夠有什麼貢獻：我不喜猜想。

我卻準知道魯迅先生的愛護青年與好管閒事是值得欽佩的事，他有顆純潔的心，能接近青年；他有奮鬥的怒火，去管閒事。

是的，先生的愛護青年，有時候近於溺愛了；可是佛連一個螞蟻也愛呢！

母親的偉大往往使她溺愛兒女：這只有母親自己曉得其中的意義，旁觀者只能表示惋惜與不滿，因為旁觀者不是母親，也就代替不了母親，明白不了母親，自己不是母親，沒有慈心，覺得青年們都應該嚴加管束，把青年們管束得像羊羔一樣老實，長者才可逍遙自在的為所欲為。

眾長者計，這實在是不錯的辦法。可是，青年呢？

長者的聰明往往把「將來」帶到自己的棺材裡去，青年成了殉葬者。

魯迅先生不是這樣的長者，他寧可少寫些文章，而替青年們看稿子；

他寧可少享受一些，而替青年們掏錢印書，他提拔青年，因為他不肯只為

自己的不朽，而把青年們活埋了。這也許是很傻的事吧？可是最智慧的人

似乎都有點傻氣。

至於愛管閒事，的確使魯迅先生得罪了不少的人。他的不留情的諷刺

譏罵，實在使長者們難堪，因此也就要不得。

中國人不會憤怒，也不喜別人挂火，而魯迅先生卻是最會挂火的人。

假若他活到今日，我想他必不會老老實實的住在上海，而必定用他的筆時

時刺著那些不會怒，不肯犧牲的人們的心。

在長者們，也許暗中說句：「幸而那個傢伙死了。」可是，我們上哪

裡去找另一個魯迅呢？

我們自慚；自慚假若沒有多少用處，讓我們在紀念魯迅先生的時候，

挺起我們的胸來吧！

只寫了些小品文嗎？據我看，魯迅先生的最大成就便是小品文。我敢說，他的學問限制不了後起者的更進一步，他的小說也攔不住後起者的猛進直前。小品文，在五十年內恐怕沒有第二把手，來與他爭光。他會怒，越怒，文字越好。文字容易摹仿，怒火可是不易借來。

他的舊學問好，新知識廣博，他能由舊而新，隨手拾掇極精確的字與詞，得到驚人的效果。

你只能摘用他所用過的，而不易像他那樣把新舊的工具都搬來應用，用創造的能力把古今的距離縮短，而成為他獨有的東西。

他長於古文古詩，又博覽東西的文藝，所以他會把最簡單的言語（中國話），調動得（極難調動）為宕多姿，永遠新鮮，永遠清晰，永遠軟中透硬，永遠厲害而不粗鄙。

他以最大的力量，把感情、思想、文字，容納在一兩千字裡，像塊玲瓏的瘦石，而有手榴彈的作用。只寫了些短文麼？啊，這是前無古人，恐

怕也是後無來者的文藝建設！

燃起我們的怒火吧，青年！以學識，以正義感，以最有力的文字，盡

力於抗戰建國的事業吧！

在抗戰中紀念魯迅先生，我們必須有這個決心！

（載一九三八年十月十六日《抗戰文藝》第二卷第七期）

【推薦序】

你不能不愛他的思想

● 巴 金

站在他面前，你覺得你接觸到一個光輝的人格，他的光芒照透了你的心，你的一切個人的打算都消失了。你不能不愛他，你不能不愛他的思想。

二十年前兩個秋天的夜裡，我站在上海萬國殯儀館禮堂中魯迅先生的靈前。半截玻璃的棺蓋下面現出他那清瘦的、慈和的面顏，銅棺的四周都是芳香沁鼻的鮮花，他彷彿酣睡在萬花中間，我望著他那緊閉的眼睛和緊閉的嘴唇，想著他對青年的熱愛，對人民的關切和對未來中國的期望，我的心很激動，我不相信他會死，我甚至疑心我在做夢，我對自己說：他會活起來。

今天我還清清楚楚地記得那個情景，我仍然有這樣一種感覺：他不會

死，他會活起來。

的確，他怎麼會死呢？二十年來，我每想到他，我就感到他那強烈的

愛，我就看到他那親切的笑容，他給了我多少的勇氣，給了我多少的溫暖！

他那抽著煙含笑談話的姿態永遠不會在我眼前消去。

我同魯迅先生談不到私人的交誼，我只是他的一個讀者和學徒。我很

早就愛讀他的小說，還帶著他的作品走過好些地方。

可是只有在他的最後三四年中間我才有機會跟他見面，而且我只有在

他逝世那天到過他的家。

說來奇怪，我們見面的地方大都是上海的飯館和旅館。那個時候臨時

到租界上大旅館定一個房間，叫餐廳把酒菜送上樓來，吃飯談話比較方

便、安全，雜誌社有事情談談，也喜歡到南京飯店或新亞酒店開房間。

我第一次看見魯迅先生是在文學社的宴會上，那天到的客人不多，除

魯迅先生外，還有茅盾先生、葉聖陶先生幾位。

茅盾先生我以前也沒有見過，我正在和他講話，飯館的白布門簾一動，魯迅先生進來了：瘦小的身材，濃黑的唇髭和眉毛⋯⋯可是比我在照片上看見的面貌更和善，更慈祥。

這天他談話最多，而且談得很親切、很自然，一點也不囉唆，而且句子短，又很有風趣。他從文學雜誌的內容一直談到幫閒文人的醜態，和國民黨的愚蠢而醜惡的宣傳方法。

自然不是他一個人談話，關於每個題目，別的人也發表意見，不過大家高興聽他的意見。

後來談到林語堂。他說，他曾經寫信給林語堂，勸林翻譯點英國古典文學作品，林很不高興，回信說等自己老了，再幹這種事情。他覺得林寫那種論語式的文章實在可惜，他誠懇地希望林搞點比較有用的工作⋯⋯

這個晚上我不知道看見多少次他的笑容。我離開他的時候我才注意到

時間過得太快了。他給我的印象一直留到現在：這位「運筆如刀」的大作

家竟然是一個多麼善良、多麼平易、多麼容易接近的瘦小的老人。我覺得

我更貼近地挨到他那顆仁愛的心了。

以後我還在同樣性質的宴會上看見他一兩次：詁說得少一點，但笑容

還是有的，人還是那麼樸素，那麼親切，好像他裝了滿肚皮的好心好意，

準備隨時把自己的一切分給接近他的人一樣。只有那對明亮的眼睛有時候

會射出彷彿要看透人心的光芒。

一九三四年我去日本之前，十月初文學社的幾個朋友給我餞行，在南

京飯店定了一個房間，菜是由餐廳送上來的。

魯迅先生那天也來了。他好像很高興。他對我談了些日本的風俗人

情，也講了一兩個中國留學生在日本由於語言不通鬧過的笑話。

我聽人說過他要去日本休養，問他為什麼不去，他笑笑，說：「將來

再說吧。」

他後來對我說，到了那邊，文章也得多寫。我很感謝他的鼓勵。

飯後大家在房裡閒談，他談起他的幾個熟人被捕後的情形，好像也談到適夷同志在南京的消息，他現出很關心的樣子。談到國民黨特務活動的時候，他眼裡射出來憤怒的光。

第二年秋天我從日本回來，有一天黃源同志為了《譯文叢書》的事情在「南京飯店」請客，魯迅先生和許景宋夫人都來了。

他瘦了些，可是精神很好。他因為《譯文叢書》和他翻譯的《死魂靈》第一部就要在文化生活出版社刊行感到高興。

那時他正在計劃翻印Ａ·珂庚的《死魂靈百圖》，我們談起果戈理的這部小說，我就說，聽說他要寫一部關於中國舊社會和舊知識分子的長篇小說，希望他早點動筆。他仰著頭，抽了一口煙，想了想，微微笑著說：

「想做的事很多，總是做不完。」他還想寫中國文學史，還想翻譯法布爾的《昆蟲記》。

那個時候我正計劃編輯《文學叢刊》第一集，我對他說：「周先生，編一個集子給我吧。」

他想了想就點頭答應了。

過兩天他讓黃源同志通知我集子的名字和內容，說是還有三四篇文章沒有動筆寫，等寫好就給我送來。

這就是他的最後一個小說集子：歷史短篇集《故事新編》。那時《出關》剛寫成，他的身體又不大好，我預計他短期內不可能編好這個集子。

哪曉得不久書店刊登廣告說是《文學叢刊》第一集十六冊在舊曆年前出齊，魯迅先生看見廣告就著急起來，他對黃源同志說，他不願意耽誤書店的出版計劃，他得趕寫，所以在一個月內就把幾個短篇全寫好，編好集子送來了。

幾個月後，我在一個宴會上又向魯迅先生要稿，我說我希望《文學叢刊》第四集裡有他的一本集子，他很爽快地答應了。

過了些時候他就託黃源同志帶了口信來，告訴我集子的名字：散文集《夜記》，不久他就病了，病好以後他陸續寫了些文章。

聽說他把〈半夏小集〉、〈這也是生活〉、〈死〉、〈女吊〉四篇文章放在一起，已經在做編《夜記》的準備了，可是病和突然的死打斷了他的工作。

他在十月十七日下午還去訪問過日本同志鹿地直，十九日早晨就在寓所內逝世了。收在《文學叢刊》第四集中的《夜記》還是許景宋先生在魯迅先生逝世以後替他編成的一個集子。

每次我翻看這兩本小書，我就感覺到他對待人的誠懇和熱情，對待工作的認真和負責，我彷彿又看到他那顆無所不包而愛憎分明的仁愛的心。

我的心充滿了溫暖，同時它也受到了鞭撻。

我拿他做人的態度來衡量我自己的行為，我不能不因良心的責備而感到痛苦。

我跟魯迅先生見面並不只有這幾次，談話也不只有這一些。可是我當時並不曾一一地記下來，現在也沒法在這裡重述了。其實關於他的言行，我聽見的也不少，像黃源同志和別的兩三位朋友都對我講了許多。

對於敵人他從來不妥協不寬恕，即使是跟熟人談話，倘使話不投機，他也會拂袖而去。然而對於朋友和青年他卻善良、親切、關心到了天眞的程度，他縱然上當一次，也並不減少他對新的青年的信任。

他的朋友們都知道他那個「義子」的故事，可是他仍然常常花費時間替一些不認識的青年人做種種事情，看稿、改稿、介紹稿子，甚至出錢替他們刊印作品。

例如《奴隸叢書》中《豐收》、《八月的鄉村》、《生死場》便是他出錢印的，他還爲它們寫了介紹性的《序言》。

他做起工作來，事無大小，他一樣地嚴肅對待，不論寫文章譯書，他選擇一個字都不肯馬虎。

他編印一本書，批格式、看校樣、設計封面，也都非常仔細。書印好分送朋友，連包紮也要自己動手，而且一點也不苟且。

他幫助過不少的人和不少的事業，好些小出版社都曾得過他的無私的幫助。譬如文化生活出版社，要是沒有他的幫助，就不會有以後的發展，他把幾部稿子交給文化生活出版社刊行，後來書店給他送版稅去，他總要推辭幾次才肯收下。

文化生活出版社答應替他經售《死魂靈百圖》的時候，他還先拿出七百元的印費讓文化生活出版社用來周轉。書銷完，書店把墊款還給他，他要在知道書店沒有困難之後才肯收下款子。

難道他跟文化生活出版社有特殊關係？完全沒有。他不過是在幫助他認為是好的事業的發展罷了。

倘使以後他發覺他的看法錯了，他會跟它斷絕關係，但是他不在事先提防。就像我在前面說過的那樣，他即使上過了許多人的當，他還是充滿

熱情地相信人……像這一類的事情在這裡是說不完的，而且也沒有多說的必要了。

「魯迅先生的確是一個偉大的人。」我每次看見他，我就忍不住要在心中說這樣的話。

他從來不對人說教，不板起臉教訓人，他只是關心人，他願意拿出自己的一切來幫助人，使人變好。站在他面前，你覺得你接觸到一個光輝的人格，他的光芒照透了你的心，你的一切個人的打算都消失了。

你不能不愛他，你不能不愛他的思想，你會因為你是他的朋友、他的同志而感到幸福，你會極力把自己變好來使他高興……

我覺得魯迅先生就是這樣的一個人。我永遠不能忘記他。他的笑容對我永遠是鼓勵，也永遠是鞭撻。

一九五六年七月十三日

人生天地間，大約本來有時也未免要殺頭的。天地間，大約本來有時也未免要游街要示眾罷。阿Q忽然很羞愧自己沒志氣：竟沒有唱幾句戲。

我溫了酒，端出去，放在門檻上。他從破衣袋裡摸出四文大錢，放在我手裡，見他滿手是泥，原來他便用這手走來的。不一會，他喝完酒，便又在旁人的說笑聲中，坐著用這手慢慢走去了。

阿Q正傳

人生天地間，大約本來有時也未免要殺頭的。

天地間，大約本來有時也未免要游街要示眾罷。

阿Q忽然很羞愧自己沒志氣：竟沒有唱幾句戲。

序 第1章

我要給阿Q做正傳，已經不止一兩年了。但一面要做，一面又往回想，這足見我不是一個「立言」的人，因為從來不朽之筆，須傳不朽之人，於是人以文傳，文以人傳——究竟誰靠誰傳，漸漸的不甚了然起來，而終於歸結到傳阿Q，彷彿思想裡有鬼似的。

然而要做這一篇速朽的文章，才下筆，便感到萬分的困難了。第一是文章的名目。孔子曰：「名不正則言不順」，這原是應該極注意的。

傳的名目很繁多：列傳，自傳，內傳，外傳，別傳，家傳，小傳……

而可惜都不合。「列傳」麼，這一篇並非和許多闊人排在「正史」裡；

「自傳」麼，我又並非就是阿Q。說是「外傳」，「內傳」在哪裡呢？倘

用「內傳」，阿Q又決不是神仙。「別傳」呢，阿Q實在未曾有大總統上

諭宣付國史館立「本傳」——雖說英國正史上並無「博徒列傳」，而文豪

迭更司也做過《博徒別傳》這一部書，但文豪則可，在我輩卻不可的。

其次是「家傳」，則我既不知與阿Q是否同宗，也未曾受他子孫的拜

託；或「小傳」，則阿Q又更無別的「大傳」了。

總而言之，這一篇也便是「本傳」，但從我的文章著想，因為文體卑

下，是「引車賣漿者流」所用的話，所以不敢僭稱，便從不入三教九流的

小說家所謂「閑話休題言歸正傳」這一句套話裡，取出「正傳」兩個字

來，作為名目，即使與古人所撰《書法正傳》的「正傳」字面上很相混，

也顧不得了。

第二，立傳的適例，開首大抵該是「某，字某，某地人也」，而我並

不知道阿Q姓什麼。

有一回，他似乎是姓趙，但第二日便模糊了。

那是趙太爺的兒子進了秀才的時候，鑼聲鏜鏜的報到村裡來，阿Q正喝了兩碗黃酒，便手舞足蹈的說，這於他也很光采，因為他和趙太爺原來是本家，細細的排起來他遠比秀才長三輩呢。其時幾個旁聽人倒也肅然的有些起敬了。

哪知道第二天，地保便叫阿Q到趙太爺家裡去；太爺一見，滿臉濺沫，喝道：「阿Q，你這渾小子！你說我是你的本家麼？」

阿Q不開口。

趙太爺愈看愈生氣了，搶進幾步說：「你敢胡說！我怎麼會有你這樣的本家？你姓趙麼？」

阿Q不開口，想往後退了；趙太爺跳過去，給了他一個嘴巴。

「你怎麼會姓趙！你哪裡配姓趙！」

阿Q並沒有抗辯他確鑿姓趙，只用手摸著左頰，和地保退出去了；外面又被地保訓斥了一番，謝了地保二百文酒錢。知道的人都說阿Q太荒唐，自己去招打；他大約未必姓趙，即使真姓趙，有趙太爺在這裡，也不該如此胡說的。此後便再沒有人提起他的氏族來，所以我終於不知道阿Q究竟什麼姓。

第三，我又不知道阿Q的名字是怎麼寫的，他活著的時候，人都叫他阿Quei，死了以後，便沒有一個人再叫阿Quei了，哪裡還會有「著之竹帛」的事。若論「著之竹帛」，這篇文章要算第一次，所以先遇著了這第一個難關。

我曾經仔細想：阿Quei，阿桂還是阿貴呢？倘使他號叫月亭，或著在八月間做過生日，那一定是阿桂了。而他既沒有號──也許有號，只是沒有人知道他──又未嘗散過生日徵文的帖子，寫作阿桂，是武斷的。又倘若他有一位老兄或令弟叫阿富，那一定是

阿貴了：而他又只是一個人，寫作阿貴，也沒有佐證的。其餘音 Quei 的偏僻字樣，更加湊不上了。

先前，我也曾問過趙太爺的兒子茂才先生，誰料博雅如此公，竟也茫然，但據結論說，是因爲陳獨秀辦了《新青年》提倡洋字，所以國粹淪亡，無可查考了。我的最後的手段，只有託一個同鄉去查阿Q犯罪的案卷，八個月之後才有回信，說案卷裡並無與阿 Quei 的聲音相近的人。我雖不知道是真沒有，還是沒有查，然而再也沒有別的方法了。生怕注音字母還未通行，只好用了「洋字」，照英國流行的拼法寫他爲阿 Quei，略作阿Q。這近於盲從《新青年》，自己也很抱歉，但茂才公尚且不知，我還有什麼法呢？

第四，是阿Q的籍貫了。

倘他姓趙，則據現在好稱郡望的老例，可以照《郡名百家姓》上的注解，說是「隴西天水人也」，但可惜這姓是不甚可靠的，因此籍貫也就有

些決不定。他雖然多住未莊，然而也常常宿在別處，不能說是未莊人，即使說是「未莊人也」，也仍然有乖史法的。

我所聊以自慰的，是還有一個「阿」字非常正確，絕無附會假借的缺點，頗可以就止於通人。至於其餘，卻都非淺學所能穿鑿，只希望有「歷史癖與考據癖」的胡適之先生的門人們，將來或者能夠尋出許多新端緒來，但是我這《阿Q正傳》到那時卻又怕早經消滅了。

以上可以算是序。

優勝記略

第2章

阿Q不獨是姓名籍貫有些渺茫，連他先前的「行狀」也渺茫。因爲未莊的人們之於阿Q，只要他幫忙，只拿他玩笑，從來沒有留心他的「行狀」的。而阿Q自己也不說，獨有和別人口角的時候，間或瞪著眼睛道：

「我們先前——比你闊得多啦！你算是什麼東西！」

阿Q沒有家，住在未莊的土穀祠裡；也沒有固定的職業，只給人家做短工，割麥便割麥，舂米便舂米，撐船便撐船。工作略長久時，他也或住在臨時主人的家裡，但一完就走了。所以，人們忙碌的時候，也還記起阿Q來，然而記起的是做工，並不是「行狀」；一閑空，連阿Q都早忘卻，

更不必說「行狀」了。

只是有一回，有一個老頭子頌揚說：「阿Q真能做！」這時阿Q赤著膊，懶洋洋的瘦伶仃的正在他面前，別人也摸不著這話是真心還是譏笑，然而阿Q很喜歡。

阿Q又很自尊，所有未莊的居民，全不在他眼睛裡，甚而至於對於兩位「文童」也有以為不值一笑的神情。夫文童者，將來恐怕要變秀才者也；趙太爺、錢太爺大受居民的尊敬，除有錢之外，就因為都是文童的爹爹，而阿Q在精神上獨不表格外的崇奉，他想：我的兒子會闊得多啦！加以進了幾回城，阿Q自然更自負。然而他又很鄙薄城裡人，譬如用三尺長三寸寬的木板做成的凳子，未莊叫「長凳」，他也叫「長凳」，城裡人都叫「條凳」，他想：這是錯的，可笑！油煎大頭魚，未莊都加上半寸長的蔥葉，城裡卻加上切細的蔥絲，他想：這也是錯的，可笑！然而未莊人真是不見世面的可笑的鄉下人

呵，他們沒有見過城裡的煎魚！

阿Ｑ「先前闊」，見識高，而且「真能做」，本來幾乎是一個「完人」了，但可惜他體質上還有一些缺點。最惱人的是在他頭皮上，頗有幾處不知起於何時的癩瘡疤。這雖然也在他身上，而看阿Ｑ的意思，倒也似乎以為不足貴的，因為他諱說「癩」以及一切近於「賴」的音，後來推而廣之，「光」也諱，「亮」也諱，再後來，連「燈」「燭」都諱了。一犯諱，不問有心與無心，阿Ｑ便全疤通紅的發起怒來，估量了對手，口訥的他便罵，氣力小的他便打；然而不知怎麼一回事，總還是阿Ｑ吃虧的時候多。於是他漸漸的變換了方針，大抵改為怒目而視了。

誰知道阿Ｑ採用怒目主義之後，未莊的閑人們便愈喜歡玩笑他。一見面，他們便假作吃驚的說：「嚄，亮起來了。」

阿Ｑ照例的發了怒，他怒目而視了。

「原來有保險燈在這裡！」他們並不怕。

阿Q沒有法，只得另外想出報復的話來：「你還不配……」這時候，又彷彿在他頭上的是一種高尚的光榮的癩頭瘡，並非平常的癩頭瘡了；但上文說過，阿Q是有見識的，他立刻知道和「犯忌」有點牴觸，便不再往底下說。

閑人還不完，只撩他，於是終而至於打。阿Q在形式上打敗了，被人揪住黃辮子，在壁上碰了四五個響頭，閑人這才心滿意足的得勝的走了，阿Q站了一刻，心裡想：「我總算被兒子打了，現在的世界真不像樣……」於是也心滿意足的得勝的走了。

阿Q想在心裡的，後來每每說出口來，所以凡是和阿Q玩笑的人們，幾乎全知道他有這一種精神上的勝利法，此後每逢揪住他黃辮子的時候，人就先一著對他說：「阿Q，這不是兒子打老子，是人打畜生。自己說：人打畜生！」

阿Q兩只手都捏住了自己的辮根，歪著頭，說道：「打蟲豸，好不

好？我是蟲豸——還不放麼？」

但雖然是蟲豸，閑人也並不放，仍舊在就近什麼地方給他碰了五六個響頭，這才心滿意足的得勝的走了，他以為阿Q這回可遭了瘟。然而不到十秒鐘，阿Q也心滿意足的得勝的走了，他覺得他是第一個能夠自輕自賤的人，除了「自輕自賤」不算外，餘下的就是「第一個」。狀元也不是「第一個」麼？「你算是什麼東西呢?!」

阿Q以如是等等妙法克服怨敵之後，便愉快的跑到酒店裡喝幾碗酒，又和別人調笑一通，口角一通，又得了勝，愉快的回到土穀祠，放倒頭睡著了。假使有錢，他便去押牌寶，一堆人蹲在地面上，阿Q即汗流滿面的夾在這中間，聲音他最響：

「青龍四百！」

「咳——開——啦！」莊家揭開盒子蓋，也是汗流滿面的唱。「天門啦——！角回啦！人和穿堂空在那裡啦！阿Q的銅錢拿過來！」

「穿堂一百——一百五十！」

阿Ｑ的錢便在這樣的歌吟之下，漸漸的輸入別個汗流滿面的人物的腰間。他終於只好擠出堆外，站在後面看，替別人著急，一直到散場，然後戀戀的回到土穀祠，第二天，腫著眼睛去工作。

但真所謂「塞翁失馬安知非福」罷，阿Ｑ不幸而贏了一回，他倒幾乎失敗了。

這是未莊賽神的晚上。這晚上照例有一台戲，戲台左近，也照例有許多的賭攤。做戲的鑼鼓，在阿Ｑ耳朵裡彷彿在十里之外；他只聽得莊家的歌唱了。他贏而又贏，銅錢變成角洋，角洋變成大洋，大洋又變成了疊。

他興高采烈得非常：

「天門兩塊！」

他不知道誰和誰為什麼打起架來了。罵聲打聲腳步聲，昏頭昏腦的一大陣，他才爬起來，賭攤不見了，人們也不見了，身上有幾處很似乎有些

痛，似乎也挨了幾拳幾腳似的，幾個人詫異的對他看。他如有所失的走進土穀祠，定一定神，知道他的一堆洋錢不見了。趕賽會的賭攤多不是本村人，還到哪裡去尋根柢呢？

很白很亮的一堆洋錢，而且是他的——現在不見了！說是算被兒子拿去了罷，總還是忽忽不樂；說自己是蟲豸罷，也還是忽忽不樂：他這回才有些感到失敗的苦痛了。

但他立刻轉敗為勝了。他擎起右手，用力的在自己臉上連打了兩個嘴巴，熱剌剌的有些痛；打完之後，便心平氣和起來，似乎打的是自己，被打的是別一個自己，不久也就彷彿是自己打了別個一般——雖然還有些熱剌剌，心滿意足的得勝的躺下了。

他睡著了。

第 ③ 章

續優勝記略

然而阿Q雖然常優勝，卻直待蒙趙太爺打他嘴巴之後，這才出了名。

他付過地保二百文酒錢，忿忿的躺下了，後來想：「現在的世界太不成話，兒子打老子……」於是忽而想到趙太爺的威風，而現在是他的兒子了，便自己也漸漸的得意起來，爬起身，唱著《小孤孀上墳》到酒店去。

這時候，他又覺得趙太爺高人一等了。

說也奇怪，從此之後，果然大家也彷彿格外尊敬他。這在阿Q，或者以為因為他是趙太爺的父親，而其實也不然。

未莊通例，倘如阿七打阿八，或者李四打張三，向來本不算一件事，

必須與一位名人如趙太爺者相關，這才載上他們的口碑。載上口碑，則打的既有名，被打的也就托庇有了名。

至於錯在阿Q，那自然是不必說。所以者何？就因為趙太爺是不會錯的。但他既然錯，為什麼大家又彷彿格外尊敬他呢？這可難解，穿鑿起來說，或者因為阿Q說是趙太爺的本家，雖然挨了打，人家也還怕有些真，總不如尊敬一些穩當。否則，也如孔廟裡的太牢一般，雖然與豬羊一樣，同是畜生，但既經聖人下箸，先儒們便不敢妄動了。

阿Q此後倒得意了許多年。

有一年的春天，他醉醺醺的在街上走，在牆根的日光下，看見王胡在那裡赤著膊捉虱子，他忽然覺得身上也癢起來了。這王胡，又癩又鬍，別人都叫他王癩胡，阿Q卻刪去了一個癩字，然而非常渺視他。阿Q的意思，以為癩是不足為奇的，只有這一部絡腮鬍子，實在太新奇，令人看不上眼。他於是並排坐下去了。倘是別的閑人們，阿Q本不敢大意坐下去。

但這王胡旁邊，他有什麼怕呢？老實說，他肯坐下去，簡直還是抬舉他。

阿Q也脫下破夾襖來，翻檢了一回，不知道因為新洗呢還是因為粗心，許多工夫，只捉到三四個。他看那王胡，卻是一個又一個，兩個又三個，只放在嘴裡畢畢剝剝的響。

阿Q最初是失望，後來卻不平了：看不上眼的王胡尚且那麼多，自己倒反這樣少，這是怎樣的大失體統的事呵！

他很想尋一兩個大的，然而竟沒有，好容易才捉到一個中的，恨恨的塞在厚嘴唇裡，狠命一咬，劈的一聲，又不及王胡響。

他癩瘡疤塊塊通紅了，將衣服摔在地上，吐一口唾沫，說：

「這毛蟲！」

「癩皮狗，你罵誰？」王胡輕蔑的抬起眼來說。

阿Q近來雖然比較的受人尊敬，自己也更高傲些，但和那些打慣的閑人們見面還膽怯，獨有這回卻非常武勇了。這樣滿臉鬍子的東西，也敢出

言無狀麼？

「誰認便罵誰！」他站起來，兩手叉在腰間說。

「你的骨頭癢了麼？」王胡也站起來，披上衣服說。

阿Q以為他要逃了，搶進去就是一拳。這拳頭還未達到身上，已經被他抓住了，只一拉，阿Q蹌蹌踉踉的跌進去，立刻又被王胡扭住了辮子，要拉到牆上照例去碰頭。

「君子動口不動手！」阿Q歪著頭說。

王胡似乎不是君子，並不理會，一連給他碰了五下，又用力的一推，至於阿Q跌出六尺多遠，這才滿足的去了。

在阿Q的記憶上，這大約要算是生平第一件的屈辱，因為王胡以絡腮鬍子的缺點，向來只被他奚落，從沒有奚落他，更不必說動手了。而他現在竟動手，很意外，難道真如市上所說，皇帝已經停了考，不要秀才和舉人了，因此趙家減了威風，因此他們也便小覷了他麼？

阿Q無可適從的站著。

遠遠的走來了一個人，他的對頭又到了。這也是阿Q最厭惡的一個人，就是錢太爺的大兒子。他先前跑上城裡去進洋學堂，不知怎麼又跑到東洋去了，半年之後他回到家裡來，腿也直了，辮子也不見了，他的母親大哭了十幾場，他的老婆跳了三回井。後來，他的母親到處說，「這辮子是被壞人灌醉了酒剪去的。本來可以做大官，現在只好等留長再說了。」

然而阿Q不肯信，偏稱他「假洋鬼子」，也叫作「裡通外國的人」，一見他，一定在肚子裡暗暗的咒罵。

阿Q尤其「深惡而痛絕之」的，是他的一條假辮子。辮子而至於假，就是沒有了做人的資格；他的老婆不跳第四回井，也不是好女人。

這「假洋鬼子」近來了。

「禿兒。驢……」阿Q歷來本只在肚子裡罵，沒有出過聲，這回因為正氣忿，因為要報仇，便不由的輕輕的說出來了。

不料這禿兒卻拿著一支黃漆的棍子——就是阿Q謂哭喪棒——大踏步走了過來。阿Q在這剎那，便知道大約要打了，趕緊抽緊筋骨，聳了肩膀等候著，果然，拍的一聲，似乎確鑿打在自己頭上了。

「我說他！」阿Q指著近旁的一個孩子，分辯說。

拍！拍拍！

在阿Q的記憶上，這大約要算是生平第二件的屈辱。幸而拍拍的響了之後。於他倒似乎完結了一件事，反而覺得輕鬆些，而且「忘卻」這一件祖傳的寶貝也發生了效力，他慢慢的走，將到酒店門口，早已有些高興了。

但對面是來了靜修庵裡的小尼姑。阿Q便在平時，看見伊也一定要唾罵，而況在屈辱之後呢？他於是發生了回憶，又發生了敵愾了。

「我不知道我今天爲什麼這樣晦氣，原來就因爲見了妳！」他想。

他迎上去，大聲的吐一口唾沫：「咳，呸！」

小尼姑全不睬，低了頭只是走。阿Q走近伊身旁，突然伸出手去摩著

伊新剃的頭皮，呆笑著，說：「禿兒！快回去，和尚等著妳……」

「你怎麼動手動腳……」尼姑滿臉通紅的說，一趕快走。

酒店裡的人大笑了。阿Q看見自己的勳業得了賞識，便愈加興高采烈起來：「和尚動得，我動不得？」他扭住伊的面頰。

酒店裡的人大笑了。阿Q更得意，而且為滿足那些賞鑒家起見，再用力的一擰，才放手。

他這一戰，早忘卻了王胡，也忘卻了假洋鬼子，似乎對於今天的一切「晦氣」都報了仇，而且奇怪，又彷彿全身比拍拍的響了之後更輕鬆，飄然的似乎要飛去了。

「這斷子絕孫的阿Q！」遠遠地聽得小尼姑的帶哭的聲音。

「哈哈哈！」阿Q十分得意的笑。

「哈哈哈！」酒店裡的人也九分得意的笑。

戀愛的悲劇

第 4 章

有人說：有些勝利者，願意敵手如虎，如鷹，他才感得勝利的歡喜；假使如羊，如小雞，他便反覺得勝利的無聊。又有些勝利者，當克服一切之後，看見死的死了，降的降了，「臣誠惶誠恐死罪死罪」，他於是沒有了敵人，沒有了對手，沒有了朋友，只有自己在上，一個，孤零零，淒涼，寂寞，便反而感到了勝利的悲哀。

然而我們的阿Q卻沒有這樣乏，他是永遠得意的，這或者也是中國精神文明冠於全球的一個證據了。

看哪，他飄飄然的似乎要飛去了！

然而這一次的勝利，卻又使他有些異樣。他飄飄然的飛了大半天，飄進土穀祠，照例應該躺下便打鼾。誰知道這一晚，他很不容易合眼，他覺得自己的大拇指和第二指有點古怪，彷彿比平常滑膩些。不知道是小尼姑的臉上有一點滑膩的東西粘在他指上，還是他的指頭在小尼姑臉上磨得滑膩了？……

「斷子絕孫的阿Ｑ！」

阿Ｑ的耳朵裡又聽到這句話。他想：不錯，應該有一個女人，斷子絕孫便沒有人供一碗飯……應該有一個女人。夫「不孝有三無後為大」，而「若敖之鬼餒而」，也是一件人生的大哀，所以他那思想，其實是樣樣合於聖經賢傳的，只可惜後來有些「不能收其放心」了。

「女人，女人！……」他想。

「……和尚動得……女人，女人！……女人！」他又想。

我們不能知道這晚上阿Ｑ在什麼時候才打鼾。但大約他從此總覺得指

頭有些滑膩，所以他從此總有些飄飄然；「女……」他想。

即此一端，我們便可以知道女人是害人的東西。

中國的男人，本來大半都可以做聖賢，可惜全被女人毀掉了。商是妲己鬧亡的；周是褒姒弄壞的；秦，雖然史無明文，我們也假定它因為女人，大約未必十分錯；而董卓可是的確給貂蟬害死了。

阿Q本來也是正人，我們雖然不知道他曾蒙什麼明師指授過，但他對於「男女之大防」卻歷來非常嚴，也很有排斥異端——如小尼姑及假洋鬼子之類——的正氣。

他的學說是：凡尼姑，一定與和尚私通；一個女人在外面走，一定想引誘野男人；一男一女在那裡講話，一定要有勾當了。為懲治他們起見，所以他往往怒目而視，或者大聲說幾句「誅心」話，或者在冷僻處，便從後面擲一塊小石頭。

誰知道他將到「而立」之年，竟被小尼姑害得飄飄然了。這飄飄然的

精神，在禮教上是不應該有的，所以女人真可惡，假使小尼姑的臉上不滑

膩，阿Q便不至於被蠱，又假使小尼姑的臉上蓋一層布，阿Q便也不至於

被蠱了——他五六年前，曾在戲台下的人叢中擰過一個女人的大腿，但因

爲隔一層褲，所以此後並不飄飄然——而小尼姑並不然，這也足見異端之

可惡。

「女……」阿Q想。

他對於以爲「一定想引誘野男人」的女人，時常留心看，然而伊並不

對他笑。他對於和他講話的女人，也時常留心聽，然而伊又並不提起關於

什麼勾當的話來。哦，這也是女人可惡之一節：伊們全都要裝「假正經」

的。

這一天，阿Q在趙太爺家裡舂了一天米，吃過晚飯，便坐在廚房裡吸

旱煙。倘在別家，吃過晚飯本可以回去的了，但趙府上晚飯早，雖說定例

不准掌燈，一吃完便睡覺，然而偶然也有一些例外：其一，是趙大爺未進

秀才的時候，准其點燈讀文章；其二，便是阿Q來做短工的時候，准其點燈春米。因為這一條例外，所以阿Q在動手春米之前，還坐在廚房裡吸旱煙。

吳媽，是趙太爺家裡惟一的女僕，洗完了碗碟，也就在長凳上坐下了，而且和阿Q談閒天。

「太太兩天沒有吃飯哩，因為老爺要買一個小的……」

「女人……吳媽……這小孤孀……」阿Q想。

「我們的少奶奶是八月裡要生孩子了……」

「女人……」阿Q想。

阿Q放下煙管，站了起來。

「我們的少奶奶……」吳媽還嘮叨說。

「我和你睏覺，我和你睏覺！」阿Q忽然搶上去，對伊跪下了。

一剎時中很寂然。

「啊呀！」吳媽楞了一息，突然發抖，大叫著往外跑，且跑且嚷，似乎後來帶哭了。阿Q對了牆壁跪著也發楞，於是兩手扶著空板凳，慢慢的站起來，彷彿覺得有些糟。他這時確也有些忐忑了，慌張的將煙管插在褲帶上，就想去春米。蓬的一聲，頭上著了很粗的一下，他急忙回轉身去，那秀才便拿了一支大竹杠站在他面前。

「你反了，……你這……」

大竹杠又同他劈下來了。阿Q兩手去抱頭，拍的正打在指節上，這可很有一些痛。他衝出廚房門，彷彿背上又著了一下似的。

「忘八蛋！」秀才在後面用了官話這樣罵。

阿Q奔入春米場，一個人站著，還覺得指頭痛，還記得「忘八蛋」，因為這話是未莊的鄉下人從來不用，專是見過官府的闊人用的，所以格外怕，而印象也格外深。但這時，他那「女……」的思想卻也沒有了。而且打罵之後，似乎一件事也已經收束，倒反覺得一無掛礙似的，便動手去春

米。舂了一會，他熱起來了，又歇了手脫衣服。

脫下衣服的時候，他聽得外面很熱鬧，阿Q生平本來最愛看熱鬧，便即尋聲走出去了。尋聲漸漸的尋到趙太爺的內院裡，雖然在昏黃中，卻辨得出許多人，趙府一家連兩日不吃飯的太太也在內，還有間壁的鄒七嫂，真正本家的趙白眼、趙司晨。

少奶奶正拖著吳媽走出下房來，一面說：「妳到外面來，……不要躲在自己房裡想……」

「誰不知道妳正經，……短見是萬萬尋不得的。」鄒七嫂也從旁說。

吳媽只是哭，夾些話，卻不甚聽得分明。

阿Q想：「哼，有趣，這小孤孀不知道鬧著什麼玩意兒了？」他想打聽，走近趙司晨的身邊。這時他猛然間看見趙太爺向他奔來，而且手裡捏著一支大竹杠。他看見這一支大竹杠，便猛然間悟到自己曾經被打，和這一場熱鬧似乎有點相關。他翻身便走，想逃回舂米場，不圖這支竹杠阻了

他的去路，於是他又翻身便走，自然而然的走出後門，不多工夫，已在土穀祠內了。

阿Q坐了一會，皮膚有些起粟，他覺得冷了，因為雖在春季，而夜間頗有餘寒，尚不宜於赤膊，他也記得布衫留在趙家，但倘若去取，又深怕秀才的竹杠。然而地保進來了。

「阿Q，你的媽媽的！你連趙家的傭人都調戲起來，簡直是造反。害得我晚上沒有覺睡，你的媽媽的！……」

如是云云的教訓了一通，阿Q自然沒有話。臨末，因為在晚上，應該送地保加倍酒錢四百文，阿Q正沒有現錢，便用一頂氈帽做抵押，並且訂定了五條件：

一、明天用紅燭——要一斤重的——一對，香一封，到趙府上去賠罪。

二、趙府上請道士祓除縊鬼，費用由阿Q負擔。

三、阿Q從此不准踏進趙府的門檻。

四、吳媽此後倘有不測，惟阿Q是問。

五、阿Q不准再去索取工錢和布衫。

阿Q自然都答應了，可惜沒有錢。幸而已經春天，棉被可以無用，便質了二千大錢，履行條約。赤膊磕頭之後，居然還剩幾文，他也不再贖氊帽，統統喝了酒了。

但趙家也並不燒香點燭，因為太太拜佛的時候可以用，留著了。那破布衫是大半做了少奶奶八月間生下來的孩子的襯尿布，那小半破爛的便都做了吳媽的鞋底。

第⑤章

生計問題

阿Q禮畢之後，仍舊回到土穀祠，太陽下去了，漸漸覺得世上有些古怪。他仔細一想，終於省悟過來，其原因蓋在自己的赤膊。他記得破夾襖還在，便披在身上，躺倒了，待張開眼睛，原來大陽又已經照在西牆上頭了。他坐起身，一面說道，「媽媽的……」

他起來之後，也仍舊在街上逛，雖然不比赤膊之有切膚之痛，卻又漸漸的覺得世上有些古怪了。彷彿從這一天起，未莊的女人們忽然都怕羞，伊們一見阿Q走來，便個個躲進門裡去。甚而至於將近五十歲的鄒七嫂，也跟著別人亂鑽，而且將十一歲的女兒都叫進去了。

阿Q很以為奇，而且想：「這些東西忽然都學起小姐模樣來了。這娼婦們……」

但他更覺得世上有些古怪，卻是許多日以後的事。其一，酒店不肯賒欠了；其二，管土穀祠的老頭子說些廢話，似乎叫他走；其三，他雖然記不清多少日，但確乎有許多日，沒有一個人來叫他做短工。酒店不賒，熬著也罷了；老頭子催他走，嚕囌一通也就算了；只是沒有人來叫他做短工，卻使阿Q肚子餓，這委實是一件非常「媽媽的」的事情。

阿Q忍不下去了，他只好到老主顧的家裡去探問——但獨不許踏進趙府的門檻——然而情形也異樣，一定走出一個男人來，現了十分煩厭的相貌，像回復乞丐一般的搖手道：「沒有沒有！你出去！」

阿Q愈覺得稀奇了。他想，這些人家向來少不了要幫忙，不至於現在忽然都無事，這總該有些蹊蹺在裡面了。他留心打聽，才知道他們有事都去叫小Don。這小D，是一個窮小子，又瘦又乏，在阿Q的眼睛裡，位置

是在王胡之下的，誰料這小子竟謀了他的飯碗去。所以阿Q這一氣，更與

平常不同，當氣憤憤的走著的時候，忽然將手一揚，唱道：

「我手執鋼鞭將你打！……」

幾天之後，他竟在錢府的照壁前遇見了小D。「仇人相見分外眼明」，

阿Q便迎上去，小D也站住了。

「畜生！」阿Q怒目而視的說，嘴角上飛出唾沫來。

「我是蟲豸，好麼？……」小D說。

這謙遜反使阿Q更加憤怒起來，但他手裡沒有鋼鞭，於是只得撲上

去，伸手去找小D的辮子。

小D一手護住了自己的辮根，一手也來拔阿Q的辮子，阿Q便也將空

著的一只手護住了自己的辮根。

從先前的阿Q看來，小D本來是不足齒數的，但他近來挨了餓，又瘦

又乏已經不下於小D，所以便成了勢均力敵的現象，四隻手拔著兩顆頭，

都彎了腰，在錢家粉牆上映出一個藍色的虹形，至於半點鐘之久了。

「好了，好了！」看的人們說，大約是解勸的。

「好，好！」看的人們說，不知道是解勸，是頌揚，還是煽動。

然而他們都不聽。阿Q進三步，小D便退三步，都站著；小D進三步，阿Q便退三步，又都站著。大約半點鐘——未莊少有自鳴鐘，所以很難說，或者二十分，他們的頭髮裡便都冒煙，額上便都流汗，阿Q的手放鬆了，在同一瞬間，小D的手也正放鬆了，同時直起，同時退開，都擠出人叢去。

「記著罷，媽媽的……」阿Q回過頭去說。

「媽媽的，記著罷……」小D也回過頭來說。

這一場「龍虎鬥」似乎並無勝敗，也不知道看的人可滿足，都沒有發什麼議論，而阿Q卻仍然沒有人來叫他做短工。

有一日很溫和，微風拂拂的頗有些夏意了，阿Q卻覺得寒冷起來，但

這還可擔當，第一倒是肚子餓。棉被，氈帽，布衫，早已沒有了，其次就賣了棉襖；現在有褲子，卻萬不可脫的；有破夾襖，又除了送人做鞋底之外，決定賣不出錢。他早想在路上拾得一注錢，但至今還沒有見；他想在自己的破屋裡忽然尋到一注錢，慌張的四顧，但屋內是空虛而且了然。於是他決計出門求食去了。

他在路上走著要「求食」，看見熟識的酒店，看見熟識的饅頭，但他都走過了，不但沒有暫停，而且並不想要。他所求的不是這類東西了；他求的是什麼東西，他自己不知道。

未莊本不是大村鎮，不多時便走盡了。村外多是水田，滿眼是新秧的嫩綠，夾著幾個圓形的活動的黑點，便是耕田的農夫。阿Q並不賞鑒這田家樂，卻只是走，因為他直覺的知道這與他的「求食」之道是很遼遠的。

但他終於走到靜修庵的牆外了。

庵周圍也是水田，粉牆突出在新綠裡，後面的低土牆裡是菜園。阿Q

遲疑了一會，四面一看，並沒有人。他便爬上這矮牆去，扯著何首烏藤，但泥土仍然簌簌的掉，阿Q的腳也索索的抖；終於攀著桑樹枝，跳到裡面了。裡面真是鬱鬱蔥蔥，但似乎並沒有黃酒饅頭，以及此外可吃的之類。靠西牆是竹叢，下面許多筍，只可惜都是並未煮熟的，還有油菜早經結子，芥菜已將開花，小白菜也很老了。

阿Q彷彿文童落第似的覺得很冤屈，他慢慢走近園門去，忽而非常驚喜了，這分明是一畦老蘿蔔。他於是蹲了便拔，而門口突然伸出一個很圓的頭來，又即縮回去了，這分明是小尼姑。小尼姑之流是阿Q本來視若草芥的，但世事須「退一步想」，所以他便趕緊拔起四個蘿蔔，擰下青葉，兜在大襟裡。然而老尼姑已經出來了。

「阿彌陀佛，阿Q，你怎麼跳進園裡來偷蘿蔔！……啊呀，罪過呵，阿唷，阿彌陀佛！……」

「我什麼時候跳進妳的園裡來偷蘿蔔？」阿Q且看且走的說。

「現在……這不是？」老尼姑指著他的大兜。

「這是妳的？妳能叫得它答應妳麼？妳……」

阿Q沒有說完話，拔步便跑；追來的是一匹很肥大的黑狗。這本來在前門的，不知怎的到後園來了。黑狗哼而且追，已經要咬著阿Q的腿，幸而從衣兜裡落下一個蘿蔔來，那狗給一嚇，略略一停，阿Q已經爬上桑樹，跨到土牆，連人和蘿蔔都滾出牆外面了。只剩著黑狗還在對著桑樹嗥，老尼姑唸著佛。

阿Q怕尼姑又放出黑狗來，拾起蘿蔔便走，沿路又撿了幾塊小石頭，但黑狗卻並不再出現。阿Q於是拋了石塊，一面走一面吃，而且想道，這裡也沒有什麼東西尋，不如進城去……

待三個蘿蔔吃完時，他已經打定了進城的主意了。

第6章

從中興到末路

在未莊再看見阿Q出現的時候，是剛過了這年的中秋。人們都驚異，說是阿Q回來了，於是又回上去想道，他先前哪裡去了呢？

阿Q前幾回的上城，大抵早就興高采烈的對人說，但這一次卻並不，所以也沒有一個人留心到。他或者也曾告訴過管土穀祠的老頭了，然而未莊老例，只有趙太爺錢太爺和秀才大爺上城才算一件事。假洋鬼子尚且不足數，何況是阿Q，因此老頭子也就不替他宣傳，而未莊的社會上也就無從知道了。

但阿Q這回的回來，卻與先前大不同，確乎很值得驚異。天色將黑，

他睡眼矇矓的在酒店門前出現了，他走近櫃台，從腰間伸出手來，滿把是銀的和銅的，在櫃上一扔說，「現錢！打酒來！」穿的是新夾襖，看去腰間還掛著一個大搭褳，沉鈿鈿的將褲帶墜成了很彎很彎的弧線。

未莊老例，看見略有些醒目的人物，是與其慢也寧敬的，現在雖然明知道是阿Ｑ，但因為和破夾襖的阿Ｑ有些兩樣了，古人云，「士別三日便當刮目相待」，所以堂倌、掌櫃、酒客、路人，便自然顯出一種疑而且敬的形態來。

掌櫃既先之以點頭，又繼之以談話：

「嚄，阿Ｑ，你回來了！」

「回來了。」

「發財發財，你是——在……」

「上城去了！」

這一件新聞，第二天便傳遍了全未莊。人人都願意知道現錢和新夾襖

的阿Q的中興史，所以在酒店裡、茶館裡、廟簷下，便漸漸的探聽出來了。這結果，是阿Q得了新敬畏。

據阿Q說，他是在舉人老爺家裡幫忙。這一節，聽的人都肅然了。這老爺本姓白，但因全城裡只有他一個舉人，所以不必再冠姓，說起舉人來就是他。這也不獨在未莊是如此，便是一百里方圓之內也都如此，人們幾乎多以爲他的姓名就叫舉人老爺的了。在這人的府上幫忙，那當然是可敬的。

但據阿Q又說，他卻不高興再幫忙了，因爲這舉人老爺實在太「媽媽的」了。這一節，聽的人都嘆息而且快意，因爲阿Q本不配在舉人老爺家裡幫忙，而不幫忙是可惜的。

據阿Q說，他的回來，似乎也由於不滿意城裡人，這就在他們將長凳稱爲條凳，而且煎魚用蔥絲，加以最近觀察所得的缺點，是女人的走路也扭得不很好。然而也偶有大可佩服的地方，即如未莊的鄉下人不過打三十

二張的竹牌，只有假洋鬼子能夠又「麻醬」，城裡卻連小烏龜子都又得精熟的。什麼假洋鬼子，只要放在城裡的十幾歲的小烏龜子的手裡，也就立刻是「小鬼見閻王」。

這一節，聽的人都赧然了。

「你們可看見過殺頭麼？」阿Q說，「咳，好看。殺革命黨。唉，好看好看……」他搖搖頭，將唾沫飛在正對面的趙司晨的臉上。這一節，聽的人都凜然了。但阿Q又四面一看，忽然揚起右手，照著伸長脖子聽得出神的王胡的後項窩上直劈下去道：「嚓！」

王胡驚得一跳，同時電光石火似的趕快縮了頭，而聽的人又都悚然而且欣然了。從此王胡癡腦的許多日，並且再不敢走近阿Q的身邊；別的人也一樣。

阿Q這時在未莊人眼睛裡的地位，雖不敢說超過趙太爺，但謂之差不多，大約也就沒有什麼語病的了。

然而不多久，這阿Q的大名忽又傳遍了未莊的閨中。雖然未莊只有錢趙兩姓是大屋，此外十之九都是淺閨，但閨中究竟是閨中，所以也算得一件神異。女人們見面時一定說，鄒七嫂在阿Q那裡買了一條藍綢裙，舊固然是舊的，但只化了九角錢。還有趙白眼的母親——一說是趙司晨的母親，待考——也買了一件孩子穿的大紅洋紗衫，七成新，只用三百大錢九二串。於是伊們都眼巴巴的想見阿Q，缺綢裙的想問他買綢裙，要洋紗衫的想問他買洋紗衫，不但見了不逃避，有時阿Q已經走過了，也還要追上去叫住他，問道：「阿Q，你還有綢裙麼？沒有？紗衫也要的，有罷？」

後來這終於從淺閨傳進深閨裡去了。因為鄒七嫂得意之餘，將伊的綢裙請趙太太去鑒賞，趙太太又告訴了趙太爺而且著實恭維了一番。趙太爺便在晚飯桌上，和秀才大爺討論，以為阿Q實在有些古怪，我們門窗應該小心些；但他的東西，不知道可還有什麼可買，也許有點好東西罷。加以趙太太也正想買一件價廉物美的皮背心，於是家族決議，便託鄒七嫂即刻

去尋阿Ｑ，而且為此新闢了第三種的例外：這晚上也姑且特准點油燈。

油燈乾了不少了，阿Ｑ還不到。趙府的全眷都很焦急，打著呵欠，或恨阿Ｑ太飄忽，或怨鄒七嫂不上緊。趙太太還怕他因為春天的條件不敢來，而趙太爺以為不足慮；因為這是「我」去叫他的。果然，到底趙太爺有見識，阿Ｑ終於跟著鄒七嫂進來了。

「他只說沒有沒有，我說你自己當面說去，他還要說，我說……」鄒七嫂氣喘吁吁的走著說。

「太爺！」阿Ｑ似笑非笑的叫了一聲，在簷下站住了。

「阿Ｑ，聽說你在外面發財，」趙太爺踱開去，眼睛打量著他的全身，一面說。「那很好，那很好的。這個，……聽說你有些舊東西，……可以都拿來看一看，……這也並不是別的，因為我倒要……」

「我對鄒七嫂說過了。都完了。」

「完了？」趙太爺不覺失聲的說：「哪裡會完得這樣快呢？」

「那是朋友的，本來不多。他們買了此三……」

「總該還有一點罷。」

「現在，只剩了一張門幕了。」

「就拿門幕來看看罷。」

「那麼，明天拿來就是，」趙太爺卻不甚熱心了。「阿Ｑ，你以後有什麼東西的時候，你盡先送來給我們看……」

「價錢決不會比別家出得少！」秀才說。秀才娘子忙忙一瞥阿Ｑ的臉，看他感動了沒有。

「我要一件皮背心。」趙太太說。

阿Ｑ雖然答應著，卻懶洋洋的出去了，也不知道他是否放在心上。這使趙太爺很失望，氣忿而且擔心，至於停止了打呵欠。秀才對於阿Ｑ的態度也很不平，於是說，這忘八蛋要提防，或者竟不如吩咐地保，不許他住在未莊。但趙太爺以為不然，說這也怕要結怨，況

且做這路生意的大概是「老鷹不吃窩下食」，本村倒不必擔心的：只要自己夜裡警醒點就是了。

秀才聽了這「庭訓」，非常之以為然，便即刻撤消了驅逐阿Q的提議，而且叮囑鄒七嫂，請伊萬不要向人提起這一段話。

但第二日，鄒七嫂便將那藍裙去染了皂，又將阿Q可疑之點傳揚出去了，可是確沒有提起秀才要驅逐他這一節。然而這已經於阿Q很不利。最先，地保尋上門了，取了他的門幕去，阿Q說是趙太太要看的，而地保也不還，並且要議定每月的孝敬錢。

其次，是村人對於他的敬畏忽而變相了，雖然還不敢來放肆，卻很有遠避的神情，而這神情和先前的防他來「嚓」的時候又不同，頗混著「敬而遠之」的分子了。

只有一班閒人們都還要尋根究底的去探阿Q的底細。阿Q也並不諱飾，傲然的說出他的經驗來，從此他們才知道，他不過是一個小腳色，不

但不能上牆，並且不能進洞，只站在洞外接東西。有一夜，他剛才接到一個包，正手再進去，不一會，只聽得裡面大嚷起來，他便趕緊跑，連夜爬出城，逃回未莊來了，從此不敢再去做。

然而這故事卻於阿Q更不利，村人對於阿Q的「敬而遠之」者，本因為怕結怨，誰料他不過是一個不敢再偷的偷兒呢？這實在是「斯亦不足畏也矣」。

第7章

革命

宣統三年九月十四日——即阿Q將褡褲賣給趙白眼的這一天——三更四點，有一只大烏篷船到了趙府上的河埠頭。

這船從黑魆魆中蕩來，鄉下人睡得熟，都沒有知道；出去時將近黎明，卻很有幾個看見的了。據探頭探腦的調查來的結果，知道那竟是舉人老爺的船！

那船便將大不安載給了未莊，不到正午，全村的人心就得搖動。船的使命，趙家本來是很秘密的，但茶坊酒肆裡卻都說，革命黨要進城，舉人老爺到我們鄉下來逃難了。

惟有鄒七嫂不以為然，說那不過是幾口破衣箱，舉人老爺想來寄存的，卻已被趙太爺回復轉去。

其實舉人老爺和趙秀才素不相能，在理本不能有「共患難」的情誼，況且鄒七嫂又和趙家是鄰居，見聞較為切近，所以大概該是伊對的。

然而謠言很旺盛，說舉人老爺雖然似乎沒有親到，卻有一封長信，和趙家排了「轉折親」。趙太爺肚裡一輪，覺得於他總不會有壞處，便將箱子留下了，現就塞在太太的床底下。至於革命黨，有的說是便在這一夜進了城，個個白盔白甲：穿著崇正皇帝的素。

阿Q的耳朵裡，本來早聽到過革命黨這一句話，今年又親眼見過殺掉革命黨。但他有一種不知從哪裡來的意見，以為革命黨便是造反，造反便是與他為難，所以一向是「深惡而痛絕之」的。殊不料這卻使百里聞名的舉人老爺有這樣怕，於是他未免也有些「神往」了，況且未莊的一群鳥男女的慌張的神情，也使阿Q更快意。

「革命也好罷，」阿Q想，「革這伙媽媽的的命，太可惡！太可恨！……便是我，也要投革命黨了。」

阿Q近來用度窘，大約略略有些不平，加以午間喝了兩碗空肚酒，愈加醉得快，一面想一面走，便又飄飄然起來。不知怎麼一來，忽而似乎革命黨便是自己，未莊人都都是他的俘虜了。他得意之餘，禁不住大聲的嚷道：「造反了！造反了！」

未莊人都用了驚懼的眼光對他看。這一種可憐的眼光，是阿Q從來沒有見過的，一見之下，又使他舒服得如六月裡喝了雪水。他更加高興的走而且喊道：

「好，……我要什麼就是什麼，我歡喜誰就是誰。

得得，鏘鏘！

悔不該，酒醉錯斬了鄭賢弟，

悔不該，呀呀呀……

得得，鏘鏘，得，鏘令鏘！

我手執鋼鞭將你打……

趙府上的兩位男人和兩個眞本家，也正站在大門口論革命，阿Q沒有

見，昂了頭直唱過去。

「得得，……」

「老Q！」趙太爺怯怯的迎著低聲的叫。

「鏘鏘，」阿Q料不到他的名字會和「老」字聯結起來，以爲是一句

別的話，與己無干，只是唱。

「得，鏘，鏘令鏘，鏘！」

「老Q。」

「悔不該……」

「阿Q！」秀才只得直呼其名了。

阿Q這才站住，歪著頭問道，「什麼？」

「老Q，……現在……」趙太爺卻又沒有話，「現在……發財麼？」

「發財？自然。要什麼就是什麼……」

「阿……Q哥，像我們這樣窮朋友是不要緊的……」趙白眼惴惴的說，似乎想探革命黨的口風。

「窮朋友？你總比我有錢。」阿Q說著自去了。

大家都憮然，沒有話。趙太爺父子回家，晚上商量到點燈。趙白眼回家，便從腰間扯下褡褳來，交給他女人藏在箱底裡。

阿Q飄飄然的飛了一通，回到土穀祠，酒已經醒透了。

這晚上，管祠的老頭子也意外的和氣，請他喝茶；阿Q便向他要了兩個餅，吃完之後，又要了一支點過的四兩燭和一個樹燭台，點起來，獨自躺在自己的小屋裡。

他說不出的新鮮而且高興，燭火像元夜似的閃閃的跳，他的思想也迸跳起來了：

「造反？有趣，……來了一陣白盔白甲的革命黨，都拿著板刀，鋼鞭，炸彈，洋炮，三尖兩刃刀，鉤鐮槍，走過土穀祠，叫道，『阿Q！同去同去！』於是一同去。……

這時未莊的一伙鳥男女才好笑哩，跪下叫道，『阿Q，饒命！』誰聽他！第一個該死的是小D和趙太爺，還有秀才，還有假洋鬼子，……留幾條麼？王胡本來還可留，但也不要了。……

東西，……直走進去打開箱子來：元寶，洋錢，洋紗衫，……秀才娘子的一張寧式床先搬到土穀祠，此外便擺了錢家的桌椅，或者也就用趙家的罷。自己是不動手的了，叫小D來搬，要搬得快，搬得不快打嘴巴。……

趙司晨的妹子真醜。鄒七嫂的女兒過幾年再說。假洋鬼子的老婆會和沒有辮子的男人睡覺，呸，不是好東西！秀才的老婆是眼胞上有疤的。

……吳媽長久不見了，不知道在哪裡——可惜腳太大。」

阿Q沒有想得十分停當，已經發了鼾聲，四兩燭還只點去了小半寸，

紅焰焰的光照著他張開的嘴。

「荷荷！」阿Q忽而大叫起來，抬了頭倉皇的四顧，待到看見四兩燭，卻又倒頭睡去了。

第二天他起得很遲，走出街上看時，樣樣都照舊。他也仍然肚餓，他想著，想不起什麼來；但他忽而似乎有了主意了，慢慢的跨開步，有意無意的走到靜修庵。

庵和春天時節一樣靜，白的牆壁和漆黑的門。他想了一想，前去打門，一隻狗在裡面叫。

他急急拾了幾塊斷磚，再上去較為用力的打，打到黑門上生出許多麻點的時候，才聽得有人來開門。

阿Q連忙捏好磚頭，擺開馬步，準備和黑狗來開戰。但庵門只開了一條縫，並無黑狗從中衝出，望進去只有一個老尼姑。

「你又來什麼事？」伊大吃一驚的說。

「革命了……妳知道？……」阿Ｑ說得很含糊。

「革命革命，革過一革的，……你們要革得我們怎麼樣呢？」老尼姑兩眼通紅的說。

「什麼？……」阿Ｑ詫異了。

「你不知道，他們已經來革過了！」

「誰？……」阿Ｑ更其詫異了。

「那秀才和洋鬼子！」

阿Ｑ很出意外，不由得一錯愕；老尼姑見他失了銳氣，便飛速的關了門，阿Ｑ再推時，牢不可開，再打時，沒有回答了。

那還是上午的事。趙秀才消息靈，一知道革命黨已在夜間進城，便將辮子盤在頂上，一早去拜訪那歷來也不相能的錢洋鬼子。這是「咸與維新」的時候了，所以他們便談得很投機，立刻成了情投意合的同志，也相約去革命。

他們想而又想，才想出靜修庵裡有一塊「皇帝萬歲萬萬歲」的龍牌，是應該趕緊革掉的，於是又立刻同到庵裡去革命。因為老尼姑來阻擋，說了三句話，他們便將伊當作滿政府，在頭上很給了不少的棍子和栗鑿。尼姑待他們走後，定了神來檢點，龍牌固然已經碎在地上了，而且又不見了觀音娘娘座前的一個宣德爐。

這事阿Ｑ後來才知道。他頗悔自己睡著，但也深怪他們不來招呼他。

他又退一步，想道：「難道他們還沒有知道我已經投降了革命黨麼？」

不准革命

未莊的人心日見其安靜了。據傳來的消息，知道革命黨雖然進了城，倒還沒有什麼大異樣。知縣大老爺還是原官，不過改稱了什麼，而且舉人老爺也做了什麼——這些名目，未莊人都說不明白——官，帶兵的也還是先前的老把總。只有一件可怕的事是另有幾個不好的革命黨夾在裡面搗亂，第二天便動手剪辮子，聽說那鄰村的航船七斤便著了道兒，弄得不像人樣子了。

但這都還不算大恐怖，因為未莊人本來少上城，即使偶有想進城的，也就立刻變了計，碰不著這危險。阿Q本也想進城去尋他的老朋友，一得

這消息，也只得作罷了。

但未莊也不能說是無改革。幾天之後，將辮子盤在頂上的逐漸增加起來了，早經說過，最先自然是茂才公，其次便是趙司晨和趙白眼，後來是阿Q。倘在夏天，大家將辮子盤在頭頂上或者打一個結，本不算什麼稀奇事，但現在是暮秋，所以這「秋行夏令」的情形，在盤辮家不能不說是萬分的英斷，而在未莊也不能說無關於改革了。

趙司晨腦後空蕩蕩的走來，看見的人大嚷說，「嚄，革命黨來了！」

阿Q聽到了很羨慕。他雖然早知道秀才盤辮的大新聞，但總沒有想到自己可以照樣做，現在看見趙司晨也如此，才有了學樣的意思，定下實行的決心。他用一支竹筷將辮子盤在頭頂上，遲疑多時，這才放膽的走去。

他在街上走，人也看他，然而不說什麼話，阿Q當初很不快，後來便很不平。他近來很容易鬧脾氣了；其實他的生活，倒也並不比造反之前艱難，人見他也客氣，店鋪也不說要現錢。而阿Q總覺得自己太失意：既然革了

命，不應只是這樣的。況且有一回看見小D，愈使他氣破肚皮了。

小D也將辮子盤在頭頂上了，而且也居然用一支竹筷。阿Q萬料不到他也敢這樣做，自己也決不准他這樣做！小D是什麼東西呢？他很想即刻揪住他，拗斷他的竹筷，放下他的辮子，並且批他幾個嘴巴，聊且懲罰他忘了生辰八字，也敢來做革命黨的罪。但他終於饒放了，單是怒目而視的吐一口唾沫道：「呸！」

這幾日裡，進城去的只有一個假洋鬼子。趙秀才本也想靠著寄存箱子的淵源，親身去拜訪舉人老爺的，但因為有剪辮的危險，所以也就中止了。他寫了一封「黃傘格」的信，託假洋鬼子帶上城，而且託他給自己紹介紹，去進自由黨。

假洋鬼子回來時，向秀才討還了四塊洋錢，秀才便有一塊銀桃子掛在大襟上了；未莊人都驚服，說這是柿油黨的頂子，抵得一個翰林，趙太爺因此也驟然大闊，還過於他兒子初雋秀才的時候，所以目空一切，見了阿

Q也就很有些不放在眼裡了。

阿Q正在不平，又時時刻刻感著冷落，一聽得這銀桃子的傳說，他立即悟出自己之所以冷落的原因了：要革命，單說投降，是不行的；盤上辮子，也不行的；第一著仍然要和革命黨去結識。他生平所知道的革命黨只有兩個，城裡的一個早已「嚓」的殺掉了，現在只剩了一個假洋鬼子。他除卻趕緊去和假洋鬼子商量之外，再沒有別的道路了。

錢府的大門正開著，阿Q便怯怯的踅進去。他一到裡面，很吃了驚，只見假洋鬼子正站在院子的中央，一身烏黑的大約是洋衣，身上也掛著一塊銀桃子，手裡是阿Q曾經領教過的棍子，已經留到一尺多長的辮子都拆開了披在肩背上，蓬頭散髮的像一個劉海仙。對面挺直的站著趙白眼和三個閑人，正在畢恭畢敬的聽說話。

阿Q輕輕的走進了，站在趙白眼的背後，心裡想招呼，卻不知道怎麼說才好：叫他假洋鬼子固然是不行的了，洋人也不妥，革命黨也不妥，或

著就應該叫洋先生了罷。

洋先生卻沒有見他，因為白著眼睛講得正起勁：

「我是性急的，所以我們見面，我總是說：洪哥！我們動手罷！他卻總說道NO！——這是洋話，你們不懂的。否則早已成功了。然而這正是他做事小心的地方。他再三再四的請我上湖北，我還沒有肯。誰願意在這小縣城裡做事情……」

「唔，……這個……」阿Q候他略停，終於用十二分的勇氣開口了，但不知道因為什麼，又並不叫他洋先生。

聽著說話的四個人都吃驚的回顧他。洋先生也才看見：

「什麼？」

「我……」

「出去！」

「我要投……」

「滾出去！」洋先生揚起哭喪棒來了。

趙白眼和閑人們便吆喝道：「先生叫你滾出去，你還不聽麼！」

阿Q將手向頭上一遮，不自覺的逃出門外；洋先生倒也沒有追。他快跑了六十多步，這才慢慢的走，不自覺的逃出門外；洋先生倒也沒有追。他快命，他再沒有別的路；從此決不能望有白盔白甲的人來叫他，他所有的抱負、志向、希望、前程，全被一筆勾銷了。至於閑人們傳揚開去，給小D、王胡等輩笑話，倒是還在其次的事。

他似乎從來沒有經驗過這樣的無聊。他對於自己的盤辮子，彷彿也覺得無意味，要侮蔑；為報仇起見，很想立刻放下辮子來，但也沒有敢放。他游到夜間，賒了兩碗酒，喝下肚去，漸漸的高興起來了，思想裡才又出現白盔白甲的碎片。

有一天，他照例的混到夜深，待酒店要關門，才踱回土穀祠去。

拍，吧……！

他忽而聽得一種異樣的聲音，又不是爆竹。阿Q本來是愛看熱鬧，愛管閑事的，便在暗中直尋過去。似乎前面有些腳步聲；他正聽，猛然間一個人從對面逃來了。阿Q一看見，便趕緊翻身跟著逃。那人轉彎，阿Q也轉彎，既轉彎，那人站住了，阿Q也站住。他看後面並無什麼，看那人便是小D。

「什麼？」阿Q不平起來了。

「趙……趙家遭搶！」小D氣喘呼呼的說。

阿Q的心怦怦的跳了。小D說了便走；阿Q卻逃而又停約兩三回。但他究竟是做過「這路生意」的人，格外膽大，於是蹩出路角，仔細的聽，似乎有些嚷嚷，又仔細的看，似乎許多白盔白甲的人，絡繹的將箱子抬出了，器具抬出了，秀才娘子的寧式床也抬出了，但是不分明，他還想上前，兩只腳卻沒有動。

這一夜沒有月，未莊在黑暗裡很寂靜，寂靜到像羲皇時候一般太平。

阿Ｑ站著看到自己發煩，也似乎還是先前一樣，在那裡來來往往的搬，箱子抬出了，器具抬出了，秀才娘子的寧式床也抬出了，……抬得他自己有些不信他的眼睛了。

但他決計不再上前，卻回到自己的祠裡去了。

土穀祠裡更漆黑；他關好大門，摸進自己的屋子裡。他躺了好一會，這才定了神，而且發出關於自己的思想來：白盔白甲的人明明到了，並不來打招呼，搬了許多好東西，又沒有自己的份，這全是假洋鬼子可惡，不准我造反，否則，這次何至於沒有我的份呢？

阿Ｑ越想越氣，終於禁不住滿心痛恨起來，毒毒的點一點頭：「不准我造反，只准你造反？媽媽的假洋鬼子，好，你造反！造反是殺頭的罪名呵，我總要告一狀，看你抓進縣裡去殺頭，滿門抄斬，嚓！嚓！」

第9章

大團圓

趙家遭搶之後，未莊人大抵很快意而且恐慌，阿Q也很快意而且恐慌。但四天之後，阿Q在半夜裡忽被抓進縣城裡去了。

那時恰是暗夜，一隊兵，一隊團丁，一隊警察，五個偵探，悄悄地到了未莊，乘昏暗圍住土穀祠，正對門架好機關槍；然而阿Q不衝出。許多時沒有動靜，把總焦急起來了，懸了二十千的賞，才有兩個團丁冒了險，踰垣進去，裡應外合，一擁而入，將阿Q抓出來；直待擒出祠外面的機關槍左近，他才有些清醒了。

到進城，已經是正午，阿Q見自己被攙進一所破衙門，轉了五六個

彎，便推在一間小屋裡。他剛剛一蹌跟，那用整株的木料做成的柵欄門便跟著他的腳跟闔上了，其餘約三面都是牆壁，仔細看時，屋角上還有兩個人。

阿Q雖然有些忐忑，卻並不很苦悶，因為他那土穀祠裡的臥室，也並沒有比這間屋子更高明。

那兩個也彷彿是鄉下人，漸漸和他兜搭起來了，一個說是舉人老爺要追他祖父欠下來的陳租，一個不知道為了什麼事。他們問阿Q，阿Q爽利的答道：「因為我想造反。」

他下半天便又被抓出柵欄門去了，到得大堂，上面坐著一個滿頭剃得精光的老頭子。

阿Q疑心他是和尚，但看見下面站著一排兵，兩旁又站著十幾個長衫人物，也有滿頭剃得精光像這老頭子的，也有將一尺來長的頭髮披在背後像那假洋鬼子的，都是一臉橫肉，怒目而視的看他；他便知道這人一定有

些來歷，膝關節立刻自然而然的寬鬆，便跪了下去了。

「站著說！不要跪！」長衫人物都吆喝說。

阿Ｑ雖然似乎懂得，但總覺得站不住，身不由己的蹲了下去，而且終於趁勢改爲跪下了。

「奴隸性！……」長衫人物又鄙夷似的說，但也沒有叫他起來。

「你從實招來罷，免得吃苦。我早都知道了。招了可以放你。」那光頭的老頭子看定了阿Ｑ的臉，沉靜的清楚的說。

「招罷！」長衫人物也大聲說。

「我本來要……來投……」阿Ｑ糊裡糊塗的想了一通，這才斷斷續續的說。

「那麼，爲什麼不來的呢？」老頭子和氣的問。

「假洋鬼子不准我！」

「胡說！此刻說，也遲了。現在你的同黨在哪裡？」

「什麼？……」

「那一晚打劫趙家的一伙人。」

「他們沒有來叫我。他們自己搬走了。」阿Q提起來便憤憤。

「走到哪裡去了呢？說出來便放你了。」老頭子更和氣了。

「我不知道，……他們沒有來叫我……」

然而老頭子使了一個眼色，阿Q便又被抓進柵欄門裡了。他第二次抓出柵欄門，是第二天的上午。

大堂的情形都照舊。上面仍然坐著光頭的老頭子，阿Q也仍然下了跪。

老頭子和氣的問道，「你還有什麼話說麼？」

阿Q一想，沒有話，便回答說，「沒有。」

於是一個長衫人物拿了一張紙，並一支筆送到阿Q的面前，要將筆塞在他手裡。阿Q這時很吃驚，幾乎「魂飛魄散」了，因為他的手和筆相關，這回是初次。

他正不知怎樣拿，那人卻又指著一處地方教他畫花押。

「我……我不認得字。」阿Q一把抓住了筆，惶恐而且慚愧的說。

「那麼，便宜你，畫一個圓圈！」

阿Q要畫圓圈了，那手捏著筆卻只是抖。於是那人替他將紙鋪在地上，阿Q伏下去，使盡了平生的力畫圓圈。他生怕被人笑話，立志要畫得圓，但這可惡的筆不但很沉重，並且不聽話，剛剛一抖一抖的幾乎要合縫，卻又向外一聳，畫成瓜子模樣了。

阿Q正羞愧自己畫得不圓，那人都不計較，早已擎了紙筆去，許多人又將他第二次抓進柵欄門。

他第二次進了柵欄，倒也並不十分懊惱。他以為人生天地之間，大約本來有時要抓進抓出，有時要在紙上畫圓圈的，惟有圈而不圓，卻是他「行狀」上的一個污點，但不多時也就釋然了，他想：孫子才畫得很圓的圓圈呢。於是他睡著了。

然而這一夜，舉人老爺反而不能睡：他和把總嘔了氣了。舉人老爺主張第一要追贓，把總主張第一要示眾。把總近來很不將舉人老爺放在眼裡了，拍案打凳的說道：「懲一儆百！你看，我做革命黨還不上二十天，搶案就是十幾件，全不破案，我的面子在哪裡？破了案，你又來迂。不成！這是我管的！」舉人老爺窘急了，然而還堅持，說是倘若不追贓，他便立刻辭了幫辦民政的職務，而把總卻道：「請便罷！」於是舉人老爺在這邊一夜竟沒有睡，但幸而第二天倒也沒有辭。

阿Q第三次抓出柵欄門的時候，便是舉人老爺睡不著的那一夜的明天的上午了。他到了大堂，上面還坐著照例的光頭老頭子：阿Q也照例下了跪。

老頭子很和氣的問道：「你還有什麼話麼？」

阿Q一想，沒有話，便回答說：「沒有。」

許多長衫和短衫人物，忽然給他穿上一件洋布的白背心，上面有些黑

字。阿Q很氣苦，因為這很像是帶孝，而帶孝是晦氣的。然而同時他的兩手反縛了，同時又被一直抓出衙門外去了。

阿Q被抬上了一輛沒有篷的車，幾個短衣人物也和他同坐在一處。這車立刻走動了，前面是一班背著洋炮的兵們和團丁，兩旁是許多張著嘴的看客，後面怎樣，阿Q沒有見。但他突然覺到了：這豈不是去殺頭麼？他一急，兩眼發黑，耳朵裡喤的一聲，似乎發昏了。然而他又沒有全發昏，有時雖然著急，有時卻也泰然；他意思之間，似乎覺得人生天地間，大約本來有時也未免要殺頭的。

他還認得路，於是有些詫異了：怎麼不向著法場走呢？他不知道這是在遊街，在示眾。但即使知道也一樣，他不過以為人生天地間，大約本來有時也未免要遊街要示眾罷了。

他省悟了，這是繞到法場去的路，這一定是「嚓」的去殺頭。他惘惘的向左右看，全跟著螞蟻似的人，而在無意中，卻在路旁的人叢中發見了

一個吳媽。很久違，伊原來在城裡做工了。阿Q忽然很羞愧自己沒志氣：竟沒有唱幾句戲。他的思想彷彿旋風似的在腦裡一回旋：《小孤孀上墳》欠堂皇，《龍虎鬥》裡的「悔不該……」也太乏，還是「手執鋼鞭將你打」罷。他同時想將手一揚，才記得這兩手原來都捆著，於是「手執鋼鞭」也不唱了。

「過了二十年又是一個……」阿Q在百忙中，「無師自通」的說出半句從來不說的話。

「好！！！」從人叢裡，便發出豺狼的嗥叫一般的聲音來。

車子不住的前行，阿Q在喝采聲中，輪轉眼睛去看吳媽，似乎伊一向並沒有見他，卻只是出神的看著兵們背上的洋炮。

阿Q於是再看那些喝采的人們。

這剎那中，他的思想又彷彿旋風似的在腦裡一回旋了。四年之前，他曾在山腳下遇見一隻餓狼，永是不近不遠的跟定他，要吃他的肉。他那時

嚇得幾乎要死，幸而手裡有一柄研柴刀，才得仗這壯了膽，支持到未莊；可是永遠記得那狼眼睛，又凶又怯，閃閃的像兩顆鬼火，似乎遠遠的來穿透了他的皮肉。而這回他又看見從來沒有見過的更可怕的眼睛了，又鈍又鋒利，不但已經咀嚼了他的話，並且還要咀嚼他皮肉以外的東西，永是不遠不近的跟他走。

這些眼睛們似乎連成一氣，已經在那裡咬他的靈魂。

「救命……」

然而阿Q沒有說。他早就兩眼發黑，耳朵裡嗡的一聲，覺得全身彷彿微塵似的迸散了。

至於當時的影響，最大的倒反在舉人老爺，因為終於沒有追贓，他全家都號咷了。其次是趙府，非特秀才因為上城去報官，被不好的革命黨剪了辮子，而且又破費了二十千的賞錢，所以全家也號咷了。從這一天以來，他們便漸漸的都發生了遺老的氣味。

至於輿論，在未莊是無異議，自然都說阿Ｑ壞，被槍斃便是他的壞的

證據：不壞又何至於被槍斃呢？

而城裡的輿論卻不佳，他們多半不滿足，以為槍斃並無殺頭這般好

看：而且那是怎樣的一個可笑的死囚呵，遊了那麼久的街，竟沒有唱一句

戲，他們白跟一趟了。

一九二一年十二月

孔乙己

我溫了酒，端出去，放在門檻上。
他從破衣袋裡摸出四文大錢，放在我手裡，
見他滿手是泥，原來他便用這手走來的。
不一會，他喝完酒，便又在旁人的說笑聲中，
坐著用這手慢慢走去了。

魯鎮的酒店的格局，是和別處不同的：都是當街一個曲尺形的大櫃台，櫃裡面預備著熱水，可以隨時溫酒。

做工的人，傍午傍晚散了工，每每花四文銅錢，買一碗酒——這是二十多年前的事，現在每碗要漲到十文——靠櫃外站著，熱熱的喝了休息；倘肯多花一文，便可以買一碟鹽煮筍，或者茴香豆，做下酒物了，如果出到十幾文，那就能買一樣葷菜。

但這些顧客，多是短衣幫，大抵沒有這樣闊綽。只有穿長衫的，才踱進店面隔壁的房子裡，要酒要菜，慢慢地坐喝。

我從十二歲起，便在鎮口的咸亨酒店裡當伙計，掌櫃說，樣子太傻，怕侍候不了長衫主顧，就在外面做點事罷。

外面的短衣主顧，雖然容易說話，但嘮嘮叨叨纏夾不清的也很不少。他們往往要親眼看著黃酒從缸子裡舀出，看過壺子底裡有水沒有，又親看將壺子放在熱水裡，然後放心；在這嚴重監督之下，羼水也很為難。所以

過了幾天，掌櫃又說我幹不了這事。幸虧薦頭的情面大，辭退不得，便改為專管溫酒的一種無聊職務了。

我從此便整天的站在櫃台裡，專管我的職務。雖然沒有什麼失職，但總覺有些單調，有些無聊。掌櫃是一副凶臉孔，主顧也沒有好聲氣，教人活潑不得；只有孔乙己到店，才可以笑幾聲，所以至今還記得。

孔乙己是站著喝酒而穿長衫的唯一的人。他身材很高大，青白臉色，皺紋間時常夾些傷痕，一部亂蓬蓬的花白的鬍子。穿的雖然是長衫，可是又髒又破，似乎十多年沒有補，也沒有洗。

他對人說話，總是滿口之乎者也，教人半懂不懂的。因為他姓孔，別人便從描紅紙上的「上大人孔乙己」這半懂不懂的話裡，替他取下一個綽號，叫作孔乙己。

孔乙己一到店，所有喝酒的人便都看著他笑，有的叫道，「孔乙己，你臉上又添上新傷疤了！」他不回答，對櫃裡說，「溫兩碗酒，要一碟茴

香豆。」便排出九文大錢。他們又故意的高聲嚷道，「你一定又偷了人家的東西了！」

孔乙己睜大眼睛說，「你怎麼這樣憑空污人清白……」

「什麼清白？我前天親眼見你偷了何家的書，吊著打。」

孔乙己便漲紅了臉，額上的青筋條條綻出，爭辯道，「竊書不能算偷……竊書！……讀書人的事，能算偷麼？」接連便是難懂的話，什麼「君子固窮」，什麼「者乎」之類，引得眾人都哄笑起來，店內外充滿了快活的空氣。

聽人家背地裡談論，孔乙己原來也讀過書，但終於沒有進學，又不會營生，於是愈過愈窮，弄到將要討飯了。幸而寫得一筆好字，便替人家鈔書，換一碗飯吃。可惜他又有一樣壞脾氣，便是好喝懶做，做不到幾天，便連人和書籍紙張筆硯，一齊失蹤。如是幾次，叫他鈔書的人也沒有了，孔乙己沒有

法，便免不了偶然做些偷竊的事。

但他在我們店裡，品行卻比別人都好，就是從不拖欠；雖然間或沒有現錢，暫時記在粉板上，但不出一月，定然還清，從粉板上拭去了孔乙己的名字。

孔乙己喝過半碗酒，漲紅的臉色漸漸復了原，旁人便又問道，「孔乙己，你當真認識字麼？」

孔乙己看著問他的人，顯出不屑置辯的神氣。他們便接著說道，「你怎的連半個秀才也撈不到呢？」

孔乙己立刻顯出頹唐不安模樣，臉上籠上了一層灰色，嘴裡說些話；這回可是全是之乎者也之類，一些不懂了。在這時候，眾人也都哄笑起來；店內外充滿了快活的空氣。

在這些時候，我可以附和著笑，掌櫃是決不責備的。而且掌櫃見了孔乙己，也每每這樣問他，引人發笑。

孔乙己自己知道不能和他們談天，便只好同孩子說話。有一回對我說道，「你讀過書麼？」我略略點一點頭。他說，「讀過，……我便考你一考。茴香豆的茴字，怎樣寫的？」

我想，討飯一樣的人，也配考我麼？便回過臉去，不再理會。孔乙己等了許久，很懇切的說道，「不能寫罷？……我教給你，記著！這些字應該記著。將來做掌櫃的時候，寫賬要用。」

我暗想我和掌櫃的等級還很遠呢，而且我們掌櫃也從不將茴香豆上賬；又好笑，又不耐煩，懶懶的答他道，「誰要你教，不是草頭底下一個來回的回字麼？」

孔乙己顯出極高興的樣子，將兩個指頭的長指甲敲著櫃台，點頭說，「對呀對呀！……回字有四樣寫法，你知道麼？」我愈不耐煩了，呶著嘴走遠。孔乙己剛用指甲蘸了酒，想在櫃上寫字，見我毫不熱心，便又嘆一口氣，顯出極惋惜的樣子。

有幾回，鄰舍孩子聽得笑聲，也趕熱鬧，圍住了孔乙己。他便給他們

茴香豆吃，一人一顆。

孩子吃完豆，仍然不散，眼睛都望著碟子。孔乙己著了慌，伸開五指

將碟子罩住，彎腰下去說道，「不多了，我已經不多了。」直起身又看一

看豆，自己搖頭說，「不多不多！多乎哉？不多也。」於是這一群孩子都

在笑聲裡走散了。

孔乙己是這樣的使人快活，可是沒有他，別人也便這麼過。

有一天，大約是中秋前的兩三天，掌櫃正在慢慢的結賬，取下粉板，

忽然說，「孔乙己長久沒有來了。還欠十九個錢呢！」我才也覺得他的確

長久沒有來了。

一個喝酒的人說道，「他怎麼會來？……他打折了腿了。」

掌櫃說，「哦！」

「他總仍舊是偷。這一回，是自己發昏，竟偷到丁舉人家裡去了。他

家的東西，偷得的麼？」

「後來怎麼樣？」

「怎麼樣？先寫服辯，後來是打，打了大半夜，再打折了腿。」

「後來呢？」

「後來打折了腿了。」

「打折了怎樣呢？」

「怎樣？……誰曉得？許是死了。」

掌櫃也不再問，仍然慢慢的算他的賬。

中秋過後，秋風是一天涼比一天，看看將近初冬；我整天的靠著火，也須穿上棉襖了。一天的下半天，沒有一個顧客，我正合了眼坐著，忽然間聽得一個聲音，「溫一碗酒。」

這聲音雖然極低，卻很耳熟。看時又全沒有人。站起來向外一望，那孔乙己便在櫃台下對了門檻坐著。他臉上黑而且瘦，已經不成樣子；穿一

件破夾襖，盤著兩腿，下面墊一個蒲包，用草繩在肩上掛住；見了我，又

說道，「溫一碗酒。」

掌櫃也伸出頭去，一面說，「孔乙己麼？你還欠十九個錢呢！」

孔乙己很頹唐的仰面答道，「這……下回還清罷。這一回是現錢，酒

要好。」

掌櫃仍然同平常一樣，笑著對他說，「孔乙己，你又偷了東西了！」

但他這回卻不十分分辯，單說了一句「不要取笑！」

「取笑？要是不偷，怎麼會打斷腿？」

孔乙己低聲說道，「跌斷，跌，跌……」他的眼色，很像懇求掌櫃，

不要再提。此時已經聚集了幾個人，便和掌櫃都笑了。

我溫了酒，端出去，放在門檻上。他從破衣袋裡摸出四文大錢，放在

我手裡，見他滿手是泥，原來他便用這手走來的。不一會，他喝完酒，便

又在旁人的說笑聲中，坐著用這手慢慢走去了。

自此以後，又長久沒有看見孔乙己。到了年關，掌櫃取下粉板說，

「孔乙己還欠十九個錢呢！」到第二年的端午，又說「孔乙己還欠十九個

錢呢！」到中秋可是沒有說，再到年關也沒有看見他。

我到現在終於沒有見——大約孔乙己的確死了。

一九一九年三月

藥

微風早經停息了；枯草支支直立，有如銅絲。

一絲發抖的聲音，在空氣中愈顫愈細，

細到沒有，周圍便都是死一般靜。

兩人站在枯草叢裡，仰面看那烏鴉；

那烏鴉也在筆直的樹枝間，縮著頭，鐵鑄一般站著。

1.

秋天的後半夜，月亮下去了，太陽還沒有出，只剩下一片烏藍的天，除了夜遊的東西，什麼都睡著。華老栓忽然坐起身，擦著火柴，點上遍身油膩的燈盞，茶館的兩間屋子裡，便彌滿了青白的光。

「小栓的爹，你就去麼？」是一個老女人的聲音。裡邊的小屋子裡，也發出一陣咳嗽。

「唔。」老栓一面聽，一面應，一面扣上衣服，伸手過去說，「妳給我罷。」

華大媽在枕頭底下掏了半天，掏出一包洋錢，交給老栓；老栓接了，抖抖的裝入衣袋，又在外面按了兩下，便點上燈籠，吹熄燈盞，走向裡屋子去了。那屋子裡面，正在窸窸窣窣的響，接著便是一通咳嗽。老栓候他平靜下去，才低低的叫道，「小栓……你不要起來。……店麼？你娘會安

排的。」

老栓聽得兒子不再說話，料他安心睡了，便出了門，走到街上。街上黑沉沉的一無所有，只有一條灰白的路，看得分明。燈光照著他的兩腳，一前一後的走。有時也遇到幾隻狗，可是一隻也沒有叫。天氣比屋子裡冷得多了；老栓倒覺爽快，彷彿一旦變了少年，得了神通，有給人生命的本領似的，跨步格外高遠。而且路也愈走愈分明，天也愈走愈亮了。

老栓正在專心走路，忽然吃了一驚，遠遠裡看見一條丁字街，明明白白橫著。他便退了幾步，尋到一家關著門的鋪子，蹩進檐下，靠門立住了。好一會，身上覺得有些發冷。

「哼，老頭子。」

「倒高興……。」

老栓又吃一驚，睜眼看時，幾個人從他面前過去了。一個還回頭看

他，樣子不甚分明，但很像久餓的人見了食物一般，眼裡閃出一種攫取的光。老栓看看燈籠，已經熄了。按一按衣袋，硬硬的還在。仰起頭兩面一望，只見許多古怪的人，三三兩兩，鬼似的在那裡徘徊；定睛再看，卻也看不出什麼別的奇怪。

沒有多久，又見幾個兵，在那邊走動；衣服前後的一個大白圓圈，遠地裡也看得清楚，走過面前的，並且看出號衣上暗紅色的鑲邊。一陣腳步聲響，一眨眼，已經擁過了一大簇人。那三三兩兩的人，也忽然合作一堆，潮一般向前趕；將到丁字街口，便突然立住，簇成一個半圓。

老栓也向那邊看，卻只見一堆人的後背；頸項都伸得很長，彷彿許多鴨，被無形的手捏住了的，向上提著。靜了一會，似乎有點聲音，便又動搖起來，轟的一聲，都向後退；一直散到老栓立著的地方，幾乎將他擠倒了。

「喂！一手交錢，一手交貨！」一個渾身黑色的人，站在老栓面前，

眼光正像兩把刀，刺得老栓縮小了一半。那人一隻大手，向他攤著；一隻手卻撮著一個鮮紅的饅頭，那紅的還是一點一點的往下滴。

老栓慌忙摸出洋錢，抖抖的想交給他，卻又不敢去接他的東西。那人便焦急起來，嚷道，「怕什麼？怎的不拿！」老栓還躊躇著；黑的人便搶過燈籠，一把扯下紙罩，裹了饅頭，塞與老栓；一手抓過洋錢，捏一捏，轉身去了。嘴裡哼著說，「這老東西……」

「這給誰治病的呀？」老栓也似乎聽得有人問他，但他並不答應；他的精神，現在只在一個包上，彷彿抱著一個十世單傳的嬰兒，別的事情，都已置之度外了。他現在要將這包裹的新的生命，移植到他家裡，收穫許多幸福。大陽也出來了；在他面前，顯出一條大道，直到他家中，後面也照見丁字街頭破匾上「古口亭口」這四個黯淡的金字。

2.

老栓走到家，店面早經收拾乾淨，一排一排的茶桌，滑溜溜的發光。

但是沒有客人：只有小栓坐在裡排的桌前吃飯，大粒的汗，從額上滾下，夾襖也帖住了脊心，兩塊肩胛骨高高凸出，印成一個陽文的「八」字。老栓見這樣子，不免皺一皺展開的眉心。他的女人，從灶下急急走出，睜著眼睛，嘴唇有些發抖。

「得了麼？」

「得了。」

兩個人一齊走進灶下，商量了一會；華大媽便出去了，不多時，拿著一片老荷葉回來，攤在桌上。老栓也打開燈籠罩，用荷葉重新包了那紅的饅頭。小栓也吃完飯，他的母親慌慌忙忙說：

「小栓——你坐著，不要到這裡來。」

一面整頓了灶火，老栓便把一個碧綠的包，一個紅紅白白的破燈籠，一同塞在灶裡；一陣紅黑的火過去時，店屋裡散滿了一種奇怪的香味。

「好香！你們吃什麼點心呀？」這是駝背五少爺到了。這人每天總在茶館裡過日，來得最早，去得最遲，此時恰恰踅到臨街的壁角的桌邊，便坐下問話，然而沒有人答應他。

「炒米粥麼？」仍然沒有人應。

老栓匆匆走出，給他泡上茶。

「小栓進來罷！」華大媽叫小栓進了裡面的屋子，中間放好一條凳，小栓坐了。他的母親端過一碟烏黑的圓東西，輕輕說：

「吃下去罷，病便好了。」

小栓撮起這黑東西，看了一會，似乎拿著自己的性命一般，心裡說不出的奇怪。十分小心的拗開了，焦皮裡面竄出一道白氣，白氣散了，是兩半個白面的饅頭。不多工夫，已經全在肚裡了，卻全忘了什麼味；面前只剩下一空盤。

他的旁邊，一面立著他的父親，一面立著他的母親，兩人的眼光，都

彷彿要在他身裡注進什麼又要取出什麼似的；便禁不住心跳起來，按著胸膛，又是一陣咳嗽。

「睡一會罷，便好了。」

小栓依他母親的話，咳著睡了。華大媽候他喘氣平靜，才輕輕給他蓋上了滿幅補釘的夾被。

3.

店裡坐著許多人，老栓也忙了，提著大銅壺，一趟一趟的給客人沖茶；兩個眼眶，都圍著一圈黑線。

「老栓，你有些不舒服麼？你生病麼？」一個花白鬍子的人說。

「沒有。」

「沒有？我想笑嘻嘻的，原也不像⋯⋯」花白鬍子便取消了自己的話。

「老栓只是忙。要是他的兒子⋯⋯」駝背五少爺話還未完，突然闖進

了一個滿臉橫肉的人，披一件玄色布衫，散著鈕扣，用寬的玄色腰帶，胡亂捆在腰間。剛進門，便對老栓嚷道：「吃了麼？好了麼？老栓，就是運氣了你！你運氣，要不是我信息靈……」

老栓一手提了茶壺，一手恭恭敬敬的垂著；笑嘻嘻的聽。滿座的人，也都恭恭敬敬的聽。華大媽也黑著眼眶，笑嘻嘻的送出茶碗茶葉來，加上一個橄欖，老栓便去沖了水。

「這是包好！這是與眾不同的。你想，趁熱的拿來，趁熱吃下。」橫肉的人只是嚷。

「真的呢，要沒有康大叔照顧，怎麼會這樣……」華大媽也很感激的謝他。

「包好，包好！這樣的趁熱吃下。這樣的人血饅頭，什麼癆病都包好了！」

華大媽聽到「癆病」這兩個字，變了一點臉色，似乎有些不高興；但

又立刻堆上笑，搭訕著走開了。這康大叔卻沒有覺察，仍然提高了喉嚨只是嚷，嚷得裡面睡著的小栓也合伙咳嗽起來。

「原來你家小栓碰到了這樣的好運氣了。這病自然一定全好；怪不得老栓整天的笑著呢。」花白鬍子一面說，一面走到康大叔面前，低聲下氣的問道，「康大叔——聽說今天結果的一個犯人，便是夏家的孩子，那是誰的孩子？究竟是什麼事？」

「誰的？不就是夏四奶奶的兒子麼？那個小傢伙！」康大叔見眾人都聳起耳朵聽他，便格外高興，橫肉塊塊飽綻，越發大聲說，「這小東西不要命，不要就是了。我可是這一回一點沒有得到好處；連剝下來的衣服，都給管牢的紅眼睛阿義拿去了。第一要算我們栓叔運氣；第二是夏三爺賞了二十五兩雪白的銀子，獨自落腰包，一文不花。」

小栓慢慢的從小屋子走出，兩手按了胸口，不住的咳嗽；走到灶下，盛出一碗冷飯，泡上熱水，坐下便吃。華大媽跟著他走，輕輕的問道，

「小栓你好些麼？你仍舊只是肚餓？……」

「包好，包好！」康大叔瞥了小栓一眼，仍然回過臉，對眾人說，

「夏三爺真是乖角兒，要是他不先告官，連他滿門抄斬。現在怎樣？銀子——這小東西也真不成東西！關在牢裡，還要勸牢頭造反。」

「啊呀，那還了得。」坐在後排的一個二十多歲的人，很現出氣憤模樣。

「你要曉得紅眼睛阿義是去盤盤底細的，他卻和他攀談了。他說，這大清的天下是我們大家的。你想：這是人話麼？紅眼睛原知道他家裡只有一個老娘，可是沒有料到他竟會那麼窮，榨不出一點油水，已經氣破肚皮了。他還要老虎頭上搔癢，便給他兩個嘴巴！」

「義哥是一手好拳棒，這兩下，一定夠他受用了。」壁角的駝背忽然高興起來。

「他這賤骨頭打不怕，還要說可憐可憐哩。」

花白鬍子的人說，「打了這種東西，有什麼可憐呢？」

康大叔顯出看他不上的樣子，冷笑著說，「你沒有聽清我的話；看他神氣，是說阿義可憐哩！」

聽著的人的眼光，忽然有些板滯；話也停頓了。小栓已經完飯，吃得滿身流汗，頭上都冒出蒸氣來。

「阿義可憐──瘋話，簡直是發了瘋了。」花白鬍子恍然大悟似的說。

「發了瘋了。」二十多歲的人也恍然大悟的說。

店裡的坐客，便又出現活氣，談笑起來。小栓趁著熱鬧，拚命咳嗽；康大叔走上前，拍他肩膀說：「包好！小栓──你不要這麼咳。包好！」

「瘋了。」駝背五少爺點著頭說。

4.

西關外靠著城根的地面，本是一塊官地；中間歪歪斜斜一條細路，是

貪走便道的人，用鞋底造成的，但卻成了自然的界限。路的左邊，都埋著死刑和瘐斃的人，右邊是窮人的叢塚。兩面都已埋到層層疊疊，宛然闊人家裡祝壽時候的饅頭。

這一年的清明，分外寒冷；楊柳才吐出半粒米大的新芽。天明未久，華大媽已在右邊的一座新墳前面，排出四碟菜，一碗飯，哭了一場。化過紙，呆呆的坐在地上；彷彿等候什麼似的，但自己也說不出等候什麼。微風起來，吹動她短髮，確乎比去年白得多了。

小路上又來了一個女人，也是半白頭髮，襤褸的衣裙，提一個破舊的朱漆圓籃，外掛一串紙錠，三步一歇的走。忽然見華大媽坐在地上看她，便有些躊躇，慘白的臉上，現出些羞愧的顏色；但終於硬著頭皮，走到左邊的一座墳前，放下了籃子。

那墳與小栓的墳，一字兒排著，中間只隔一條小路。華大媽看她排好四碟菜，一碗飯，立著哭了一通，化過紙錠，心裡暗暗地想，「這墳裡的

也是兒子了。」那老女人徘徊觀望了一回，忽然手腳有些發抖，蹌蹌踉踉退下幾步，瞪著眼只是發怔。

華大媽見這樣子，生怕她傷心到快要發狂了；便忍不住立起身，跨過小路，低聲對她說，「妳這位老奶奶不要傷心了，我們還是回去罷。」

那人點一點頭，眼睛仍然向上瞪著；也低聲吃吃的說道，「妳看，看這是什麼呢？」

華大媽跟了她指頭看去，眼光便到了前面的墳，這墳上草根還沒有全合，露出一塊一塊的黃土，煞是難看。再往上仔細看時，卻不覺也吃一驚——分明有一圈紅白的花，圍著那尖圓的墳頂。

她們的眼睛都已老花多年了，但望這紅白的花，都還能明白看見。花也不很多，圓圓的排成一個圈，不很精神，倒也整齊。華大媽忙看她兒子和別人的墳，卻只有不怕冷的幾點青白小花，零星開著，便覺得心裡忽然感到一種不足和空虛，不願意根究。

那老女人又走近幾步，細看了一遍，自言自語的說，「這沒有根，不像自己開的。這地方有誰來呢？孩子不會來玩；親戚本家早不來了。這是怎麼一回事呢？」

她想了又想，忽又流下淚來，大聲說道：「瑜兒，他們都冤枉了你，你還是忘不了，傷心不過，今天特意顯點靈，要我知道麼？」

她四面一看，只見一隻烏鴉，站在一株沒有葉的樹上，便接著說，「我知道了。瑜兒，可憐他們坑了你，他們將來總有報應，天都知道；你閉了眼睛就是了。你如果真在這裡，聽到我的話，便教這烏鴉飛上你的墳頂，給我看罷。」

微風早經停息了；枯草支支直立，有如銅絲。一絲發抖的聲音，在空氣中愈顫愈細，細到沒有，周圍便都是死一般靜。

兩人站在枯草叢裡，仰面看那烏鴉；那烏鴉也在筆直的樹枝間，縮著頭，鐵鑄一般站著。

許多的工夫過去了，上墳的人漸漸增多，幾個老的小的，在土墳間出沒。

華大媽不知怎的，似乎卸下了一挑重擔，便想到要走，一面勸著說，

「我們還是回去罷。」

那老女人嘆一口氣，無精打采的收起飯菜，又遲疑了一刻，終於慢慢地走了。嘴裡自言自語的說，「這是怎麼一回事呢？……」

她們走不上二三十步遠，忽聽得背後「啞——」的一聲大叫；兩個人都竦然的回過頭，只見那烏鴉張開兩翅，一挫身，直向著遠處的天空，箭也似的飛去了。

一九一九年四月

明天

單四嫂子坐在床沿上哭著，

寶兒在床上躺著，紡車靜靜的在地上立著。

她心裡計算：不過是夢罷了，這些事都是夢。

明天醒過來，自己好好的睡在床上，

寶兒也好好的睡在自己身邊。

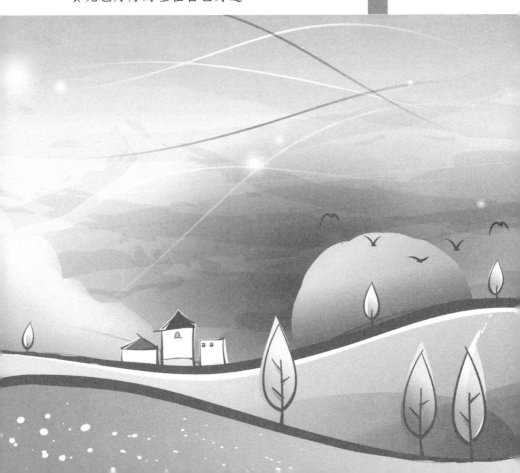

「沒有聲音，小東西怎了？」

紅鼻子老拱手裡擎了一碗黃酒，說著，向間壁呶一呶嘴。藍皮阿五便放下酒碗，在他脊樑上用死勁的打了一掌，含含糊糊嚷道：「你……你又在想心思……」

原來魯鎮是僻靜地方，還有些古風，不上一更，大家便都關門睡覺。深更半夜沒有睡的只有兩家：一家是咸亨酒店，幾個酒肉朋友圍著櫃台，吃喝得正高興；一家便是間壁的單四嫂子，她自從前年守了寡，便須專靠著自己的一雙手紡出棉紗來，養活她自己和她三歲的兒子，所以睡得也遲。

這幾天，確鑿沒有紡紗的聲音了。但夜深沒有睡的既然只有兩家，這單四嫂子家有聲音，便自然只有老拱們聽到，沒有聲音，也只有老拱們聽到。

老拱挨了打，彷彿很舒服似的喝了一大口酒，嗚嗚的唱起小曲來。

這時候，單四嫂子正抱著他的寶兒，坐在床沿上，紡車靜靜的立在地

上。黑沉沉的燈光，照著寶兒的臉，緋紅裡帶一點青。單四嫂子心裡計算：神籤也求過了，願心也許過了，單方也吃過了，要是還不見效，怎麼好？那只有去診何小仙了。但寶兒也許是日輕夜重，到了明天，太陽一出，熱也會退，氣喘也會平的，這實在是病人常有的事。

單四嫂子是一個粗笨女人，不明白這「但」字的可怕：許多壞事固然幸虧有了它才變好，許多好事卻也因為有了它都弄糟。

夏天夜短，老拱們嗚嗚的唱完了不多時，東方已經發白；不一會，窗縫裡透進了銀白色的曙光。

單四嫂子等候天明，卻不像別人這樣容易，覺得非常之慢，寶兒的一呼吸，幾乎長過一年。現在居然明亮了；天的明亮，壓倒了燈光，看見寶兒的鼻翼，已經一放一收的扇動。

單四嫂子知道不妙，暗暗叫一聲「啊呀！」心裡計算：怎麼好？只有

去診何小仙這一條路了。她雖然是粗笨女人，心裡卻有決斷，便站起身，從木櫃子裡掏出每天節省下來的十三個小銀元和一百八十銅錢，都裝在衣袋裡，鎖上門，抱著寶兒直向何家奔過去。

天氣還早，何家已經坐著四個病人了。她摸出四角銀元，買了號簽，第五個便輪到寶兒。

何小仙伸開兩個指頭按脈，指甲足有四寸多長，單四嫂子暗地納罕，心裡計算：寶兒該有活命了。但總免不了著急，忍不住要問，便侷侷促促的說：「先生，我家的寶兒什麼病呀？」

「他中焦塞著。」

「不妨事麼？他⋯⋯」

「先去吃兩帖。」

「他喘不過氣來，鼻翅子都扇著呢。」

「這是火克金⋯⋯」

何小仙說了半句話，便閉上眼睛；單四嫂子也不好意思再問。在何小仙對面坐著的一個三十多歲的人，此時已經開好一張藥方，指著紙角上的幾個字說道：「這第一味保嬰活命丸，須是賈家濟世老店才有！」

單四嫂子接過藥方，一面走，一面想。她雖是粗笨女人，卻知道何家與濟世老店與自己的家，正是一個三角點；自然是買了藥回去便宜了。於是又逕向濟世老店奔過去。

店伙也翹了長指甲慢慢的看方，慢慢的包藥。單四嫂子抱了寶兒等著；寶兒忽然擎起小手來，用力拔他散亂著的一絡頭髮，這是從來沒有的舉動，單四嫂子怕得發怔。

太陽早出了。單四嫂子抱了孩子，帶著藥包，越走覺得越重；孩子又不住的掙扎，路也覺得越長。沒奈何坐在路旁一家公館的門檻上，休息了一會，衣服漸漸的冰著肌膚，才知道自己出了一身汗；寶兒卻彷彿睡著了。她再起來慢慢地走，仍然支撐不得，耳朵邊忽然聽得人說：

「單四嫂子，我替妳抱勃羅！」似乎是藍皮阿五的聲音。

她抬頭看時，正是藍皮阿五，睡眼朦朧的跟著他走。

單四嫂子在這時候，雖然很希望降下一員天將，助她一臂之力，卻不願是阿五。但阿五有點俠氣，無論如何，總是偏要幫忙，所以推讓了一會，終於得了許可了。他便伸開臂膊，從單四嫂子的乳房和孩子中間，直伸下去，抱去了孩子。單四嫂子便覺乳房上發了一條熱，剎時間直熱到臉上和耳根。

他們兩人離開了二尺五寸多地，一同走著。阿五說些話，單四嫂子卻大半沒有答。走了不多時候，阿五又將孩子還給她，說是昨天與朋友約定的吃飯時候到了；單四嫂子便接了孩子。

幸而不遠便是家，早看見對門的王九媽在街邊坐著，遠遠地說話：

「單四嫂子，孩子怎了？看過先生了麼？」

「看是看了。王九媽，妳有年紀，見的多，不如請妳老法眼看一看，

怎樣……」

「唔……」

「怎樣……？」

「唔……」王九媽端詳了一番，把頭點了兩點，搖了兩搖。

寶兒吃下藥，已經是午後了。單四嫂子留心看他神情，似乎彷彿平穩了不少；到得下午，忽然睜開眼叫一聲「媽！」又仍然合上眼，像是睡去了。他睡了一刻，額上鼻尖都沁出一粒一粒的汗珠，單四嫂子輕輕一摸，膠水般粘著手；慌忙去摸胸口，便禁不住嗚咽起來。

寶兒的呼吸從平穩變到沒有，單四嫂子的聲音也就從嗚咽變成號咷。這時聚集了幾堆人：門內是王九媽藍皮阿五之類，門外是咸亨的掌櫃和紅鼻子老拱之類。王九媽便發命令，燒了一串紙錢；又將兩條板凳和五件衣服作抵，替單四嫂子借了兩塊洋錢，給幫忙的人備飯。

第一個問題是棺木。單四嫂子還有一副銀耳環和一支裹金的銀簪，都交給了咸亨的掌櫃，託他作一個保，半現半賒的買一具棺木。藍皮阿五也伸出手來，很願意自告奮勇；王九媽卻不許他，只準他明天抬棺材的差使，阿五罵了一聲「老畜生」，快快的呶了嘴站著。掌櫃便自去了；晚上回來，說棺木須得現做，後半夜才成功。

掌櫃回來的時候，幫忙的人早吃過飯；因為魯鎮還有些古風，所以不上一更，便都回家睡覺了。只有阿五還靠著咸亨的櫃台喝酒，老拱也嗚嗚的唱。

這時候，單四嫂子坐在床沿上哭著，寶兒在床上躺著，紡車靜靜的在地上立著。許多工夫，單四嫂子的眼淚宣告完結了，眼睛張得很大，看看四面的情形，覺得奇怪：所有的都是不會有的事。她心裡計算：不過是夢罷了，這些事都是夢。明天醒過來，自己好好的睡在床上，寶兒也好好的睡在自己身邊。他也醒過來，叫一聲「媽」，生龍活虎似的跳去玩了。

老拱的歌聲早經寂靜，咸亨也熄了燈。單四嫂子張著眼，總不信所有的事。雞也叫了；東方漸漸發白，窗縫裡透進了銀白色的曙光。

銀白的曙光又漸漸顯出緋紅，太陽光接著照到屋脊。單四嫂子張著眼，呆呆坐著；聽得打門聲音，才吃了一嚇，跑出去開門。門外一個不認識的人，背了一件東西；後面站著王九媽。

哦，他們背了棺材來了。

下半天，棺木才合上蓋：因為單四嫂子哭一回，看一回，總不肯死心塌地的蓋上；幸虧王九媽等得不耐煩，氣憤憤的跑上前，一把拖開她，才七手八腳的蓋上了。

但單四嫂子待她的寶兒，實在已經盡了心，再沒有什麼缺陷。昨天燒過一串紙錢，上午又燒了四十九卷《大悲咒》；收殮的時候，給他穿上頂新的衣裳，平日喜歡的玩意兒──一個泥人、兩個小木碗、兩個玻璃瓶──都放在枕頭旁邊。後來王九媽掐著指頭仔細推敲，也終於想

不出一些什麼缺陷。

這一日裡，藍皮阿五簡直整天沒有到；咸亨掌櫃便替單四嫂子雇了兩名腳夫，每名二百另十個大錢，抬棺木到義塚地上安放。王九媽又幫她煮了飯，凡是動過手開過口的人都吃了飯。太陽漸漸顯出要落山的顏色；吃過飯的人也不覺都顯出要回家的顏色——於是他們終於都回了家。

單四嫂子很覺得頭眩，歇息了一會，倒居然有點平穩了。但她接連著便覺得很異樣：遇到了平生沒有遇到過的事，不像會有的事，然而的確出現了。她越想越奇，又感到一件異樣的事——這屋子忽然太靜了。

她站起身，點上燈火，屋子越顯得靜。她昏昏的走去關上門，回來坐在床沿上，紡車靜靜的立在地上。她定一定神，四面一看，更覺得坐立不得，屋子不但太靜，而且也太大了，東西也太空了。大大的屋子四面包圍著她，太空的東西四面壓著她，叫她喘氣不得。

她現在知道她的寶兒確乎死了；不願意見這屋子，吹熄了燈，躺著。

她一面哭，一面想：想那時候，自己紡著棉紗，寶兒坐在身邊吃茴香豆，瞪著一雙小黑眼睛想了一刻，便說，「媽！爹賣餛飩，我大了也賣餛飩，賣許多許多錢，我都給妳。」那時候，真是連紡出的棉紗，也彷彿寸寸都有意思，寸寸都活著。但現在怎麼了？現在的事，單四嫂子卻實在沒有想到什麼——我早經說過：她是粗笨女人。她能想出什麼呢？她單覺得這屋子太靜、太大、太空罷了。

但單四嫂子雖然粗笨，卻知道還魂是不能有的事，她的寶兒也的確不能再見面。嘆一口氣，自言自語的說，「寶兒，你該還在這裡，你給我夢裡見見罷。」於是合上眼，想趕快睡去，會她的寶兒，苦苦的呼吸通過了靜和大和空虛，自己聽得明白。

單四嫂子終於朦朦朧朧的走入睡鄉，全屋子都很靜。這時紅鼻子老拱的小曲，也早經唱完：蹌蹌踉踉出了咸亨，卻又提尖了喉嚨，唱道：

「我的冤家呀！可憐你，孤零零的‥‥」

藍皮阿五便伸手揪住了老拱的肩頭，兩個人七歪八斜的笑著擠著走去。

單四嫂子早睡著了，老拱們也走了，咸亨也關上門了。這時的魯鎮，便完全落在寂靜裡。只有那暗夜為想變成明天，卻仍在這寂靜裡奔波；另有幾條狗，也躲在暗地裡嗚嗚的叫。

一九二〇年六月

風波

這死屍自作自受！
造反的時候，他偏要死進城去，
滾進城去，進城便被人剪去了辮子，
現在弄得僧不僧道不道的。
這囚徒自作自受，帶累了我們又怎麼說呢？

臨河的土場上，太陽漸漸的收了它通黃的光線了。場邊靠河的烏桕樹葉，乾巴巴的才喘過氣來，幾個花腳蚊子在下面哼著飛舞。面河的農家的煙突裡，逐漸減少了炊煙，女人孩子們都在自己門口的土場上潑些水，放下小桌子和矮凳；人知道，這已經是晚飯時候了。

老人男人坐在矮凳上，搖著大芭蕉扇閒談，孩子飛也似的跑，或者蹲在烏桕樹下賭玩石子。女人端出烏黑的蒸乾菜和松花黃的米飯，熱蓬蓬冒煙。河裡駛過文人的酒船，文豪見了，大發詩興，說，「無思無慮，這真是田家樂呵！」

但文豪的話有些不合事實，就因為他們沒有聽到九斤老太的話。這時候，九斤老太正在大怒，拿破芭蕉扇敲著凳腳說：「我活到七十九歲了，活夠了，不願意眼見這些敗家相，還是死的好。立刻就要吃飯了，還吃炒豆子，吃窮了一家子！」

伊的曾孫女兒六斤捏著一把豆，正從對面跑來，見這情形，便直奔河

邊，藏在烏桕樹後，伸出雙丫角的小頭，大聲說，「這老不死的！」

九斤老太雖然高壽，耳朵都還不很聾，但也沒有聽到孩子的話，仍舊自己說，「這真是一代不如一代！」

這村莊的習慣有點特別，女人生下孩子，多喜歡用秤稱了輕重，便用斤數當作小名。九斤老太自從慶祝了五十大壽以後，便漸漸的變了不平家，常說伊年輕的時候，天氣沒有現在這般熱，豆子也沒有現在這般硬：總之現在的時世是不對了。何況六斤比伊的曾祖，少了三斤，比伊父親七斤，又少了一斤，這真是一條顛撲不破的實例。所以伊又用勁說，「這真是一代不如一代！」

伊的兒媳七斤嫂子正捧著飯籃走到桌邊，便將飯籃在桌上一摔，憤憤的說，「妳老人家又這麼說了。六斤生下來的時候，不是六斤五兩麼？妳家的秤又是私秤，加重稱，十八兩秤；用了準十六，我們的六斤該有七斤多哩。我想便是太公和公公，也不見得正是九斤八斤十足，用的秤也許是

十四兩……」

「一代不如一代！」

七斤嫂還沒有答話，忽然看見七斤從小巷口轉出，便移了方向，對他嚷道，「你這死屍怎麼這時候才回來，死到哪裡去了！不管人家等著你開飯！」

七斤雖然住在農村，卻早有些飛黃騰達的意思。從他的祖父到他，三代不捏鋤頭柄了；他也照例的幫人撐著航船，每日一回，早晨從魯鎮進城，傍晚又回到魯鎮，因此很知道些時事，例如什麼地方，雷公劈死了蜈蚣精；什麼地方，閨女生了一個夜叉之類。他在村人裡面，的確已經是一名出場人物了。但夏天吃飯不點燈，都還守著農家習慣，所以回家太遲，是該罵的。

七斤一手捏著象牙嘴白銅斗六尺多長的湘妃竹煙管，低著頭，慢慢地走來，坐在矮凳上。

六斤也趁勢溜出，坐在他身邊，叫他爹爹。七斤沒有應。

「一代不如一代！」九斤老太說。

七斤慢慢地抬起頭來，嘆一口氣說，「皇帝坐了龍庭了。」

七斤嫂呆了一刻，忽而恍然大悟的道，「這可好了，這不是又要皇恩大赦了麼！」

七斤又嘆一口氣，說，「我沒有辮子。」

「皇帝要辮子麼？」

「皇帝要辮子。」

「你怎麼知道呢？」七斤嫂有些著急，趕忙的問。

「咸亨酒店裡的人，都說要的。」

七斤嫂這時從直覺上覺得事情似乎有些不妙了，因為咸亨酒店是消息靈通的所在。

伊一轉眼瞥見七斤的光頭，便忍不住動怒，怪他恨他怨他；忽然又絕

望起來，裝好一碗飯，湊在七斤的面前道，「還是趕快吃你的飯罷！哭喪著臉，就會長出辮子來麼？」

太陽收盡了它最末的光線了，水面暗暗地回復過涼氣來；土場上一片碗筷聲響，人人的脊樑上又都吐出汗粒。七斤嫂吃完三碗飯，偶然抬起頭，心坎裡便禁不住突突地發跳。

伊透過柏葉，看見又矮又胖的趙七爺正從獨木橋上走來，而且穿著寶藍色竹布的長衫。

趙七爺是鄰村茂源酒店的主人，又是這三十里方圓以內的唯一的出色人物兼學問家；因爲有學問，所以又有些遺老的臭味。他有十多本金聖嘆批評的《三國志》，時常坐著一個字一個字的讀；他不但能說出五虎將姓名，甚而至於還知道黃忠表字漢升和馬超表字孟起。革命以後，他便將辮子盤在頂上，像道士一般；常常嘆息說，倘若趙子龍在世，天下便不會亂到這地步了。

七斤嫂眼睛好，早望見今天的趙七爺已經不是道士，卻變成光滑頭皮，烏黑髮頂；伊便知道這一定是皇帝坐了龍庭，而且一定須有辮子，而且七斤一定是非常危險。

因為趙七爺的這件竹布長衫，輕易是不常穿的，三年以來，只穿過兩次：一次是和他嘔氣的麻子阿四病了的時候，一次是曾經砸爛他酒店的魯大爺死了的時候；現在是第三次了，這一定又是於他有慶，於他的仇家有殃了。

七斤嫂記得，兩年前七斤喝醉了酒，曾經罵過趙七爺是「賤胎」，所以這時便立刻直覺到七斤的危險，心坎裡突突地發起跳來。

趙七爺一路走來，坐著吃飯的人都站起身來拿筷子點著自己的飯碗說，「七爺，請在我們這裡用飯！」七爺也一路點頭，說道「請請」，卻一徑走到七斤家的桌旁。七斤們連忙招呼，七爺也微笑著說「請請」，一面細細的研究他們的飯菜。

「好香的乾菜，——聽到了風聲了麼？」趙七爺站在七斤的後面七斤嫂的對面說。

「皇帝坐了龍庭了。」七斤說。

七斤嫂看著七爺的臉，竭力陪笑道，「皇帝已經坐了龍庭，幾時皇恩大赦呢？」

「皇恩大赦？——大赦是慢慢的總要大赦罷。」七爺說到這裡，聲色忽然嚴厲起來，「但妳家七斤的辮子呢？辮子，這倒是要緊的事。你們知道：長毛時候，留髮不留頭，留頭不留髮……」

七斤和他的女人沒有讀過書，不很懂得這古典的奧妙，但覺得有學問的七爺這麼說，事情然非常重大，無可挽回，便彷彿受了死刑宣告似的，耳朵裡嗡的一聲，再也說不出句話。

「一代不如一代，」九斤老太正在不平，趁這機會，便對趙七爺說，「現在的長毛，只是剪人家的辮子，僧不僧，道不道的。從前的長毛，這

樣的麼？我活到七十九歲了，活夠了。從前的長毛是——整匹的紅緞子裏頭，拖下去，拖下去，一直拖到腳跟；王爺是黃緞子，拖下去，黃緞子；紅緞子，黃緞子——我活夠了，七十九歲了。」

七斤嫂站起身，言自語的說，「這怎麼好呢？這樣的一班老小，都靠他養活的人……」

趙七爺搖頭道，「那也沒法。沒有辮子，該當何罪，書上都一條一條明明白白寫著的。不管他家裡有些什麼人。」

七斤嫂聽到書上寫著，可真是完全絕望了；自己急得沒法，便忽然又恨到七斤。伊用筷子指著他的鼻尖說，「這死屍自作自受！造反的時候，我本來說，不要撐船了，不要上城了。他偏要死進城去，滾進城去，進城便被人剪去了辮子。從前是絹光烏黑的辮子，現在弄得僧不僧道不道的。這囚徒自作自受，帶累了我們又怎麼說呢？這活死屍的囚徒……」

村人看見趙七爺到村，都趕緊吃完飯，聚在七斤家飯桌的周圍。七斤

自己知道是出場人物，被女人當大眾這樣辱罵，很不雅觀，便只得抬起頭，慢慢地說道：「妳今天說現成話，那時妳⋯⋯」

「你這活死屍的囚徒⋯⋯」

看客中間，八一嫂是心腸最好的人，抱著伊的兩週歲的遺腹子，正在七斤嫂身邊看熱鬧；這時過意不去，連忙解勸說，「七斤嫂，算了罷。人不是神仙，誰知道未來事呢？便是七斤嫂，那時不也說，沒有辮子倒也沒有什麼醜麼？況且衙門裡的大老爺也還沒有告示⋯⋯」

七斤嫂沒有聽完，兩個耳朵早通紅了；便將筷子轉過向來，指著八一嫂的鼻子，說，「阿呀，這是什麼話呵！八一嫂，我自己看來倒還是一個人，會說出這樣昏誕糊塗話麼？那時我是，整整哭了三天，誰都看見；連六斤這小鬼也都哭⋯⋯」

六斤剛吃完一大碗飯，拿了空碗，伸手去嚷著要添。七斤嫂正沒好氣，便用筷子在伊的雙丫角中間，直扎下去，大喝道，「誰要妳來多嘴！

妳這偷漢的小寡婦！」

撲的一聲，六斤手裡的空碗落在地上了，恰巧又碰著一塊磚角，立刻破成一個很大的缺口。七斤直跳起來，撿起破碗，合上了檢查一回，也喝道，「入娘的！」一巴掌打倒了六斤。

六斤躺著哭，九斤老太拉了伊的手，連說著「一代不如一代」，一同走了。

八一嫂也發怒，大聲說，「七斤嫂，妳『恨棒打人』……」

趙七爺本來是笑著旁觀的；但自從八一嫂說了「衙門裡的大老爺沒有告示」這話以後，卻有些生氣了。這時他已經繞出桌旁，接著說，「『恨棒打人』，算什麼呢？大兵是就要到的。妳可知道，這回保駕的張大帥，就是燕人張翼德的後代，他一支丈八蛇矛，就有萬夫不當之勇，誰能抵擋他，」他兩手同時捏起空拳，彷彿握著無形的蛇矛模樣，向八一嫂搶進幾步道，「妳能抵擋他麼？」

八一嫂正氣得抱著孩子發抖，忽然見趙七爺滿臉油汗，瞪著眼，準對伊衝過來，便十分害怕，不敢說完話，回身走了。趙七爺也跟著走去，眾人一面怪八一嫂多事，一面讓開路，幾個剪過辮子重新留起的便趕快躲在人叢後面，怕他看見。

趙七爺也不細心察訪，通過人叢，忽然轉入烏桕樹後，說道：「你能抵擋他麼！」跨上獨木橋，揚長去了。

村人們呆呆站著，心裡計算，都覺得自己確乎抵不住張翼德，因此也決定七斤便要沒有性命。七斤既然犯了皇法，想起他往常對人談論城中的新聞的時候，就不該含著長煙管顯出那般驕傲模樣，所以對於七斤的犯法，也覺得有些暢快。他們也彷彿想發些議論，卻又覺得沒有什麼議論可發。嗡嗡的一陣亂嚷，蚊子都撞過赤膊身子，闖到烏桕樹下去做市；他們也就慢慢地走散回家，關上門去睡覺。

七斤嫂咕噥著，也收了家伙和桌子矮凳回家，關上門睡覺了。

七斤將破碗拿回家裡，坐在門檻上吸煙；但非常憂愁，忘卻了吸煙，象牙嘴六尺多長湘妃竹煙管的白銅斗裡的火光，漸漸發黑了。他心裡但覺得事情似乎十分危急，也想想些方法，想些計劃，但總是非常模糊，貫穿不得：「辮子呢辮子？丈八蛇矛。一代不如一代！皇帝坐龍庭。破的碗須得上城去釘好。誰能抵擋他？書上一條一條寫著。入娘的！……」

第二日清晨，七斤依舊從魯鎮撐航船進城，傍晚回到魯鎮，又拿著六尺多長的湘妃竹煙管和一個飯碗回村。他在晚飯席上，對九斤老太說，這碗是在城內釘合的，因為缺口大，所以要十六個銅釘，三文一個，一總用了四十八文小錢。

九斤老太很不高興的說，「一代不如一代，我是活夠了。三文錢一個釘；從前的釘，這樣的麼？從前的釘是……我活了七十九歲了──」

此後七斤雖然是照例日日進城，但家景總有些黯淡，村人大抵迴避

著，不再來聽他從城內得來的新聞。七斤嫂也沒有好聲氣，還時常叫他

「囚徒」。

過了十多日，七斤從城內回家，看見他的女人非常高興，問他說，

「你在城裡可聽些什麼？」

「沒有聽到些什麼。」

「皇帝坐了龍庭沒有呢？」

「他們沒有說。」

「咸亨酒店裡也沒有人說麼？」

「也沒人說。」

「我想皇帝一定是不坐龍庭了。我今天走過趙七爺的店前，看見他又坐著唸書了，辮子又盤在頂上了，也沒有穿長衫。」

「‥‥‥‥」

「你想，不坐龍庭了罷？」

「我想，不坐了罷。」

現在的七斤，是七斤嫂和村人又都早給他相當的尊敬，相當的待遇了。到夏天，他們仍舊在自家門口的土場上吃飯；大家見了，都笑嘻嘻的招呼。九斤老太早已做過八十大壽，仍然不平而且康健。六斤的雙丫角，已經變成一支大辮子了；伊雖然新近裹腳，都還能幫同七斤嫂做事，捧著十六個銅釘的飯碗，在土場上一瘸一拐的往來。

一九二〇年十月

故鄉

我在朦朧中，眼前展開一片海邊碧綠的沙地來，
上面深藍的天空中掛著一輪金黃的圓月。
我想：希望是本無所謂有，無所謂無的。
這正如地上的路；其實地上本沒有路，
走的人多了，也便成了路。

我冒了嚴寒，回到相隔二千餘里，別了二十餘年的故鄉去。

時候既然是深冬，漸近故鄉時，天氣又陰晦了，冷風吹進船艙中，嗚嗚的響，從篷隙向外一望，蒼黃的天底下，遠近橫著幾個蕭索的荒村，沒有一些活氣。我的心禁不住悲涼起來了。

啊！這不是我二十年來時時記得的故鄉！

我所記得的故鄉全不如此。我的故鄉好得多了。但要我記起它的美麗，說出它的佳處來，卻又沒有影像，沒有言辭了。彷彿也就如此。於是我自己解釋說：故鄉本也如此，雖然沒有進步，也未必有如我所感的悲涼，這只是我自己心情的改變罷了，因爲我這次回鄉，本沒有什麼好心緒。

我這次是專爲了別它而來的。我們多年聚族而居的老屋，已經公同賣給別姓了，交屋的期限，只在本年，所以必須趕在正月初一以前，永別了熟識的老屋，而且遠離了熟識的故鄉，搬家到我在謀食的異地去。

第二日清早我到了我家的門口了。瓦楞上許多枯草的斷莖當風抖著，

正在說明這老屋難免易主的原因。幾房的本家大約已經搬走了，所以很寂靜。我到了自家的房外，我的母親早已迎著出來，接著便飛出了八歲的姪兒宏兒。

我的母親很高興，但也藏著許多淒涼的神情，教我坐下，歇息，喝茶，且不談搬家的事。宏兒沒有見過我，遠遠的對面站著只是看。

但我們終於談到搬家的事。我說外間的寓所已經租定了，又買了幾件傢具，此外須將家裡所有的木器賣去，再去增添。母親也說好，而且行李也略已齊集，木器不便搬運的，也小半賣去了，只是收不起錢來。

「你休息一兩天，去拜望親戚本家一回，我們便可以走了。」母親說。

「是的。」

「還有閏土，他每到我家來時，總問起你，很想見你一回面。我已經將你到家的大約日期通知他，他也許就要來了。」

這時候，我的腦裡忽然閃出一幅神異的圖畫來：深藍的天空中掛著一

輪金黃的圓月，下面是海邊的沙地，都種著一望無際的碧綠的西瓜，其間有一個十一二歲的少年，項帶銀圈，手捏一柄鋼叉，向一匹猹盡力的刺去，那猹卻將身一扭，反從他的胯下逃走了。

這少年便是閏土。我認識他時，也不過十多歲，離現在將有三十年了；那時我的父親還在世，家景也好，我正是一個少爺。那一年，我家是一件大祭祀的值年。這祭祀，說是三十多年才能輪到一回，所以很鄭重；正月裡供祖像，供品很多，祭器很講究，拜的人也很多，祭器也很要防偷去。我家只有一個忙月（我們這裡給人做工的分三種：整年給一定人家做工的叫長年；按日給人做工的叫短工；自己也種地，只在過年過節以及收租時候來給一定的人家做工的稱忙月），忙不過來，他便對父親說，可以叫他的兒子閏土來管祭器的。

我的父親允許了；我也很高興，因為我早聽到閏土這名字，而且知道他和我彷彿年紀，閏月生的，五行缺土，所以他的父親叫他閏土。他是能

裝弶捉小鳥雀的。

我於是日日盼望新年，新年到，閏土也就到了。好容易到了年末，有一日，母親告訴我，閏土來了，我便飛跑的去看。他正在廚房裡，紫色的圓臉，頭戴一頂小氈帽，頸上套一個明晃晃的銀項圈，這可見他的父親十分愛他，怕他死去，所以在神佛面前許下願心，用圈子將他套住了。他見人很怕羞，只是不怕我，沒有旁人的時候，便和我說話，於是不到半日，我們便熟識了。

我們那時候不知道談些什麼，只記得閏土很高興，說是上城之後，見了許多沒有見過的東西。

第二日，我便要他捕鳥。他說：「這不能。須大雪下了才好。我們沙地上，下了雪，我掃出一塊空地來，用短棒支起一個大竹匾，撒下秕穀，看鳥雀來吃時，我遠遠地將縛在棒上的繩子只一拉，那鳥雀就罩在竹匾下了。什麼都有：稻雞，角雞，鶺鴒，藍背……」

我於是又很盼望下雪。

閏土又對我說：「現在太冷，你夏天到我們這裡來。我們日裡到海邊撿貝殼去，紅的綠的都有，鬼見怕也有，觀音手也有。晚上我和爹管西瓜去，你也去。」

「管賊麼？」

「不是。走路的人口渴了摘一個瓜吃，我們這裡是不算偷的。要管的是獾豬刺蝟，猹。月亮地下，你聽，啦啦的響了，猹在咬瓜了。你便捏了胡叉，輕輕地走去……」

我那時並不知道這所謂猹的是怎麼一件東西——便是現在也沒有知道，只是無端的覺得狀如小狗而很凶猛。

「牠不咬人麼？」

「有胡叉呢。走到了，看見猹了，你便刺。這畜生很伶俐，倒向你奔來，反從胯下竄了。牠的毛皮是油一般的滑……」

我素不知道天下有這許多新鮮事：海邊有如許五色的貝殼，西瓜有這樣危險的經歷，我先前單知道它在水果店裡出賣罷了。

「我們沙地裡，潮汛要來的時候，就有許多跳魚兒只是跳，都有青蛙似的兩個腳……」

啊！閏土的心裡有無窮無盡的稀奇的事，都是我往常的朋友所不知道的。他們不知道一些事，閏土在海邊時，他們都和我一樣只看見院子裡高牆上的四角的天空。

可惜正月過去了，閏土須回家裡去，我急得大哭，他也躲到廚房裡，哭著不肯出門，但終於被他父親帶走了。他後來還託他的父親帶給我一包貝殼和幾支很好看的鳥毛，我也曾送他一兩次東西，但從此沒有再見面。

現在我的母親提起了他，我這兒時的記憶，忽而全都閃電似的甦生過來，似乎看到了我的美麗的故鄉了。

我應聲說：「這好極！他，怎樣？……」

「他？……他景況也很不如意……」母親說著，便向房外看，「這些人又來了。說是買木器，順手也就隨便拿走的，我得去看看。」

母親站起身，出去了。門外有幾個女人的聲音，我便招宏兒走近面前，和他閑話，問他可會寫字，可願意出門。

「我們坐火車去麼？」

「我們坐火車去。」

「船呢？」

「先坐船……」

「哈！這模樣了！鬍子這麼長了！」一種尖利的怪聲突然大叫起來。

我吃了一嚇，趕忙抬起頭，卻見一個凸顴骨，薄嘴唇，五十歲上下的女人站在我前面，兩手搭在髀間，沒繫裙，張著兩腳，正像一個畫圖儀器裡細腳伶仃的圓規。我愕然了。

「不認識了麼？我還抱過你咧！」

我愈加愕然了。幸而我的母親也就進來，從旁說：「他多年出門，統

忘卻了。你該記得罷，」便向著我說，「這是斜對門的楊二嫂，……開豆

腐店的。」

哦，我記得了。我孩子時候，在斜對門的豆腐店裡確乎終日坐著一個

楊二嫂，人都叫伊「豆腐西施」。但是擦著白粉，顴骨沒有這麼高，嘴唇

也沒有這麼薄，而且終日坐著，我也從沒有見過這圓規式的姿勢。那時人

說：因爲伊，這豆腐店的買賣非常好。但這大約因爲年齡的關係，我卻並

未蒙著一毫感化，所以竟完全忘卻了。

然而圓規很不平，顯出鄙夷的神色，彷彿嗤笑法國人不知道拿破崙，

美國人不知道華盛頓似的，冷笑說：「忘了？這真是貴人眼高……」

「哪有這事……我……」我惶恐著，站起來說。

「那麼，我對你說。迅哥兒，你闊了，搬動又笨重，你還要什麼這些

破爛木器，讓我拿去罷。我們小戶人家，用得著。」

「我並沒有闊哩。我須賣了這些，再去……」

「啊呀呀，你放了道台了，還說不闊？你現在有三房姨太太；出門便是八抬的大轎，還說不闊？嚇，什麼都瞞不過我。」

我知道無話可說了，便閉了口，默默的站著。

「啊呀啊呀，真是愈有錢，便愈是一毫不肯放鬆，便愈有錢……」圓規一面憤憤的回轉身，一面絮絮的說，慢慢向外走，順便將我母親的一副手套塞在褲腰裡，出去了。

此後又有近處的本家和親戚來訪問我。我一面應酬，偷空便收拾些行李，這樣的過了三四天。

一日是天氣很冷的午後，我吃過午飯，坐著喝茶，覺得外面有人進來了，便回頭去看。我看時，不由得非常出驚，慌忙站起身，迎著走去。

這來的便是閏土。雖然我一見便知道是閏土，但又不是我這記憶上的閏土了。他身材增加了一倍，先前的紫色的圓臉，已經變作灰黃，而且加

上了很深的皺紋，眼睛也像他父親一樣，周圍都腫得通紅；這我知道，在海邊種地的人，終日吹著海風，大抵是這樣的。他頭上是一頂破氈帽，身上只一件極薄的棉衣，渾身瑟索著；手裡提著一個紙包和一支長煙管，那手也不是我所記得的紅活圓實的手，卻又粗又笨而開裂，像是松樹皮了。

我這時很興奮，但不知道怎麼說才好，只是說：

「啊！閏土哥，你來了？……」

我接著便有許多話，想要連珠一般湧出：角雞，跳魚兒，貝殼，猹……，但又總覺得被什麼擋著似的，單在腦裡面迴旋，吐不出口外去。

他站住了，臉上現出歡喜和淒涼的神情；動著嘴唇，卻沒有作聲。他的態度終於恭敬起來了，分明的叫道：「老爺！……」

我似乎打了一個寒噤；我就知道，我們之間已隔了一層可悲的厚障壁了。我也說不出話。

他回過頭去說，「水生，給老爺磕頭。」便拖出躲在背後的孩子來，

這正是一個廿年前的閏土，只是黃瘦些，頸子上沒有銀圈罷了。「這是第五個孩子，沒有見過世面，躲躲閃閃……」

母親和宏兒下樓來了，他們大約也聽到了聲音。

「老太太。信是早收到了。我實在喜歡得了不得，知道老爺回來……」閏土說。

「啊，你怎的這樣客氣起來。你們先前不是哥弟稱呼麼？還是照舊：迅哥兒。」母親高興的說。

「啊呀，老太太真是……這成什麼規矩。那時是孩子，不懂事……」閏土說著，又叫水生上來打拱，那孩子卻害羞，緊緊的只貼在他背後。

「他就是水生？第五個？都是生人，怕生也難怪的；還是宏兒和他去走走。」母親說。

宏兒聽得這話，便來招水生，水生卻鬆鬆爽爽同他一路出去了。母親叫閏土坐，他遲疑了一回，終於就了坐，將長煙管靠在桌旁，遞過紙包

來，說：「冬天沒有什麼東西了。這一點乾青豆倒是自家曬在那裡的，請

老爺……」

我問問他的景況。他只是搖頭。

「非常難。第六個孩子也會幫忙了，卻總是吃不夠……又不太平……

什麼地方都要錢，沒有定規……收成又壞。種出東西來，挑去賣，總要捐

幾回錢，折了本：不去賣，又只能爛掉……」

他只是搖頭；臉上雖然刻著許多皺紋，卻全然不動，彷彿石像一般。

他大約只是覺得苦，卻又形容不出，沉默了片時，便拿起煙管來默默的吸

煙了。母親問他，知道他的家裡事務忙，明天便得回去；又沒有吃過午

飯，便叫他自己到廚下炒飯吃去。

他出去了，母親和我都嘆息他的景況：多子，饑荒，苛稅，兵，匪，

官，紳，都苦得他像一個木偶人了。母親對我說，凡是不必搬走的東西，

盡可以送他，可以聽他自己去揀擇。

下午，他揀好了幾件東西：兩條長桌，四個椅子，一副香爐和燭台，一桿抬秤。他又要所有的草灰（我們這裡煮飯是燒稻草的，那灰，可以做沙地的肥料），待我們啟程的時候，他用船來載去。

夜間，我們又談些閑天，都是無關緊要的話；第二天早晨，他就領了水生回去了。

又過了九日，是我們啟程的日期。閏土早晨便到了，水生沒有同來，卻只帶著一個五歲的女兒管船隻。我們終日很忙碌，再沒有談天的工夫。來客也不少，有送行的，有拿東西的，有送行兼拿東西的。待到傍晚我們上船的時候，這老屋裡的所有破舊大小粗細東西，已經一掃而空了。

我們的船向前走，兩岸的青山在黃昏中，都裝成了深黛顏色，連著退向船後梢去。宏兒和我靠著船窗，同看外面模糊的風景，他忽然問道：

「大伯！我們什麼時候回來？」

「回來？你怎麼還沒有走就想回來了。」

「可是，水生約我到他家玩去咧……」他睜著大的黑眼睛，癡癡的想。

我和母親也都有些惘然，於是又提起閏土來。

母親說，那豆腐西施的楊二嫂，自從我家收拾行李以來，本是每日必到的，前天伊在灰堆裡，掏出十多個碗碟來，議論之後，便定說是閏土埋著的，他可以在運灰的時候，一齊搬回家裡去；楊二嫂發見了這件事，自己很以為有功，便拿了那狗氣殺（這是我們這裡養雞的器具，木盤上面有著柵欄，內盛食料，雞可以伸進頸子去啄，狗卻不能，只能看著氣死），飛也似的跑了，虧伊裝著這麼高底的小腳，竟跑得這樣快。

老屋離我愈遠了；故鄉的山水也都漸漸遠離了我，但我卻並不感到怎樣的留戀。我只覺得我四面有看不見的高牆，將我隔成孤身，使我非常氣悶；那西瓜地上的銀項圈的小英雄的影像，我本來十分清楚，現在卻忽地模糊了，又使我非常的悲哀。

母親和宏兒都睡著了。

我躺著，聽船底潺潺的水聲，知道我在走我的路。我想：我竟與閏土隔絕到這地步了，但我們的後輩還是一氣，宏兒不是正在想念水生麼。我希望他們不再像我，又大家隔膜起來……然而我又不願意他們因為要一氣，都如我的辛苦輾轉而生活，也不願意他們都如閏土的辛苦麻木而生活，也不願意都如別人的辛苦恣睢而生活。他們應該有新的生活，為我們所未經生活過的。

我想到希望，忽然害怕起來了。閏土要香爐和燭臺的時候，我還暗地裡笑他，以為他總是崇拜偶像，什麼時候都不忘卻。現在我所謂希望，不也是我自己手製的偶像麼？只是他的願望切近，我的願望茫遠罷了。

我在朦朧中，眼前展開一片海邊碧綠的沙地來，上面深藍的天空中掛著一輪金黃的圓月。我想：希望是本無所謂有，無所謂無的。這正如地上的路；其實地上本沒有路，走的人多了，也便成了路。

一九二一年一月

端午節

有人疑心他孤高，那可也不過是一種誤解罷了。
他自己說，他是自從出世以來，
只有人向他來要債，他從沒有向人去討過債，
所以這一端是「非其所長」。

方玄綽近來愛說「差不多」這一句話，幾乎成了「口頭禪」似的；而且不但說，的確也盤據在他腦裡了。他最初說的是「都一樣」，後來大約覺得欠穩當了，便改為「差不多」，一直使用到現在。

他自從發見了這一句平凡的警句以後，雖然引起了不少的新感慨，同時卻也得到許多新慰安。譬如看見老輩威壓青年，在先是要憤憤的，但現在卻就轉念道，將來這少年有了兒孫時，大抵也要擺這架子的罷，便再沒有什麼不平了。又如看見兵士打車夫，在先也要憤憤的，但現在也就轉念道，倘使這車夫當了兵，這兵拉了車，大抵也就這麼打，便再也不放在心上了。

他這樣想著的時候，有時也疑心是因為自己沒有和惡社會奮鬥的勇氣，所以瞞心昧己的故意造出來的一條迷路，很近於「無是非之心」，遠不如改正了好。然而這意見，總反而在他腦裡生長起來。

他將這「差不多說」最初公表的時候是在北京首善學校的講堂上，其

時大概是提起關於歷史上的事情來，於是說到「古今人不相遠」，說到各色人等的「性相近」，終於牽扯到學生和官僚身上，大發其議論道：

「現在社會上時髦的都通行罵官僚，而學生罵得尤厲害。然而官僚並不是天生的特別種族，就是平民變就的。現在學生出身的官僚就不少，和老官僚有什麼兩樣呢？『易地則皆然』，思想言論舉動風采都沒有什麼大區別……便是學生團體新辦的許多事業，不是也已經難免出弊病，大半煙消火滅了麼？差不多的。但中國將來之可慮就在此……」

散坐在講堂裡的二十多個聽講者，有的悵然了，或者是以為這話對；有的勃然了，大約是以為侮辱了神聖的青年；有幾個卻對他微笑了，大約以為這是他替自己的辯解，因為方玄綽就是兼做官僚的。

而其實卻是都錯誤。

這不過是他的一種新不平；雖說不平，又只是他的一種安分的空論。

他自己雖然不知道是因為懶，還是因為無用，總之覺得是一個不肯運動，

十分安分守己的人。

總長冤他有神經病,只要地位還不至於動搖,他決不開一開口;教員的薪水欠到大半年了,只要別有官俸支持,他也決不開一開口。不但不開口,當教員聯合索薪的時候,他還暗地裡以為欠斟酌,太嚷嚷;直到聽得同僚過分的奚落他們了,這才略有些小感慨,後來一轉念,這或者因為自己正缺錢,而別的官並不兼做教員的緣故罷,於是就釋然了。

他雖然也缺錢,但從沒有加入教員的團體內,大家議決罷課,可是不去上課了。政府說「上了課才給錢」,他才略恨他們的類乎用果子要猴子;一個大教育家說道「教員一手挾書包一手要錢不高尚」,他才對於他的太太正式的發牢騷了。

「喂,怎麼只有兩盤?」聽了「不高尚說」這一日的晚餐時候,他看著菜蔬說。

他們是沒有受過新教育的,太太並無學名或雅號,所以也就沒有什麼

稱呼了，照著例雖然也可以叫「太太」，但他又不願意太守舊，於是就發明了一個「喂」字。

太太對他卻連「喂」字也沒有，只要臉向著他說話，依據習慣法，他就知道這話是對他而發的。

「可是上月領來的一成半都完了……昨天的米，也還是好容易才賒來的呢。」伊站在桌旁，臉對著他說。

「妳看，還說教書的要薪水是卑鄙哩。這種東西似乎連人要吃飯，飯要米做，米要錢買這一點粗淺事情都不知道……」

「對啦。沒有錢怎麼買米，沒有米怎麼煮……」

他兩頰都鼓起來了，彷彿氣惱這答案正和他的議論「差不多」，近乎隨聲附和模樣，接著便將頭轉向別一面去了；依據習慣法，這是宣告討論中止的表示。

待到淒風冷雨這一天，教員們因為向政府去索欠薪，在新華門前爛泥

裡被國軍打得頭破血出之後，倒居然也發了一點薪水。方玄綽不費一舉手之勞的領了錢，酌還些舊債，卻還缺一大筆款，這是因為官俸也頗有些拖欠了。

當是時，便是廉吏清官們也漸以為薪之不可不索，而況兼做教員的方玄綽，自然更表同情於學界起來，所以大家主張繼續罷課的時候，他雖然仍未到場，事後卻尤其心悅誠服的確守了公共的決議。

然而政府竟又付錢，學校也就開課了。但在前幾天，卻有學生總會上一個呈文給政府，說「教員倘若不上課，便不要付欠薪」。這雖然並無效，而方玄綽卻忽而記起前回政府所說的「上了課才給錢」的話來，「差不多」這一個影子在他眼前又一晃，而且並不消滅，於是他便在講堂上公表了。

准此可見如果將「差不多說」鍛鍊羅織起來，自然也可以判作一種挾帶私心的不平，但總不能說是專為自己做官的辯解。

只是每到這些時，他又常常喜歡拉上中國將來的命運之類的問題，一不小心，便連自己也以爲是一個憂國的志士：人們是每苦於沒有「自知之明」的。

但是「差不多」的事實又發生了，政府當初雖只不理那些招人頭痛的教員。後來竟不理到無關痛癢的官吏，欠而又欠，終於逼得先前鄙薄教員要錢的好官，也很有幾員化爲索薪大會裡的驍將了。惟有幾種日報上都很發了些鄙薄譏笑他們的文字。

方玄綽也毫不爲奇，毫不介意，因爲他根據了他的「差不多說」，知道這是新聞記者還未缺少潤筆的緣故，萬一政府或是闊人停了津貼，他們多半也要開大會的。

他既已表同情於教員的索薪，自然也贊成同僚的索俸，然而他仍然安坐在衙門中，照例的並不一同去討債。

至於有人疑心他孤高，那可也不過是一種誤解罷了。他自己說，他是

自從出世以來，只有人向他來要債，他從沒有向人去討過債，所以這一端是「非其所長」。而且他最不敢見手握經濟之權的人物，這種人待到失了權勢之後，捧著一本《大乘起信論》講佛學的時候，固然也很是「藹然可親」的了，但還在實座上時，卻總是一副閻王臉，將別人都當奴才看，自以爲手操著你們這些窮小子們的生殺之權。他因此不敢見，也不願見他們。

這種脾氣，雖然有時連自己也覺得是孤高，但往往同時也疑心這其實是沒有本領。

大家左索右索，總算一節一節的挨過去了，但比起先前來，方玄綽究竟是萬分的拮据，所以使用的小廝和交易的店家不消說，便是方太太對於他也漸漸的缺了敬意，只要看伊近來不很附和，而且常常提出獨創的意見，有些唐突的舉動，也就可以了然了。

到了陰曆五月初四的午前，他一回來，伊便將一迭賬單塞在他的鼻子跟前，這也是往常所沒有的。

「一總總得一百八十塊錢才夠開消……發了麼?」伊並不對著他看的說。

「哼,我明天不做官了。錢的支票是領來的了,可是索薪大會的代表不發放,先說是沒有同去的人都不發,後來又說是要到他們跟前去親領。他們今天單捏著支票,就變了閻王臉了,我實在怕看見……我錢也不要了,官也不做了,這樣無限量的卑屈……」

方太太見了這少見的義憤,倒有些愕然了,但也就沉靜下來。

「我想,還不如去親領罷,這算什麼呢。」伊看著他的臉說。

「我不去!這是官俸,不是賞錢,照例應該由會計科送來的。」

「可是不送來又怎麼好呢……哦,昨夜忘記說了,孩子們說那學費,學校裡已經催過好幾次了,說是倘若再不繳……」

「胡說!做老子的辦事教書都不給錢,兒子去唸幾句書倒要錢?」

伊覺得他已經不很顧忌道理,似乎就要將自己當作校長來出氣,犯不

上，便不再言語了。兩個默默的吃了午飯。他想了一會，又懊惱的出去了。

照舊例，近年是每逢節根或年關的前一天，他一定須在夜裡的十二點鐘才回家，一面走，一面掏著懷中，一面大聲的叫道，「喂，領來了！」

於是遞給伊一疊簇新的中交票，臉上很有些得意的形色。

誰知道初四這一天卻破了例，他不到七點鐘便回家來。方太太很驚疑，以為他竟已辭了職了，但暗暗地察看他臉上，卻也並不見有什麼格外倒運的神情。

「怎麼了？……這樣早？……」伊看定了他說。

「發不及了，領不出了，銀行已經關了門，得等到初八。」

「親領？……」伊惴惴的問。

「親領這一層，倒也已經取消了，聽說仍舊由會計科分送。可是銀行今天已經關了門，休息三天，得等到初八的上午。」他坐下，眼睛看著地面了，喝過一口茶，才又慢慢的開口說，「幸而衙門裡也沒有什麼問題

了，大約到初八就准有錢……向不相干的親戚朋友去借錢，實在是一件煩難事。我午後硬著頭皮去尋金永生，談了一會，他先恭維我不去索薪，不肯親領，非常之清高，一個人正應該這樣做；待到知道我想要向他通融五十元，就像我在他嘴裡塞了一大把鹽似的，凡有臉上可以打皺的地方都打起皺來，說房租怎樣的收不起，買賣怎樣的賠本，在同事面前親身領款，也不算什麼的，即刻將我支使出來了。

「這樣緊急的節根，誰還肯借出錢去呢？」方太太卻只淡淡的說，並沒有什麼慨然。

方玄綽低下頭來了，覺得這也無怪其然的，況且自己和金永生本來很疏遠。他接著就記起去年年關的事來，那時有一個同鄉來借十塊錢，他其時明明已經收到了衙門的領款憑單的了，因為恐怕這人將來未必會還錢，便裝了一副為難的神色，說道衙門裡既然領不到俸錢，學校裡又不發薪水，實在「愛莫能助」，將他空手送走了。

他雖然自己並不看見裝了怎樣的臉，但此時卻覺得很侷促，嘴唇微微

一動，又搖一搖頭。

然而不多久，他忽而恍然大悟似的發命令了：叫小廝即刻上街去賒一

瓶蓮花白。他知道店家希圖明天多還賬，大抵是不敢不賒的，假如不賒，

則明天分文不還，正是他們應得的懲罰。

蓮花白竟賒來了，他喝了兩杯，青白色的臉上泛了紅，吃完飯，又頗

有些高興了。他點上一枝大號哈德門香煙，從桌上抓起一本《嘗試集》

來，躺在床上就要看。

「那麼，明天怎麼對付店家呢？」方太太追上去，站在床面前，看著

他的臉說。

「店家？……教他們初八的下半天來。」

「我可不能這麼說。他們不相信，不答應的。」

「有什麼不相信。他們可以問去，全衙門裡什麼人也沒有領到，都得

初八！」他戟著第二個指頭在帳子裡的空中畫了一個半圓，方太太跟著指

頭也看了一個半圓，只見這手便去翻開了《嘗試集》。

方太太見他強橫到出乎情理之外了，也暫時開不得口。

「我想，這模樣是鬧不下去的，將來總得想點法，做點什麼別的事

……」伊終於尋到了別的路，說。

「什麼法呢？我『文不像謄錄生，武不像救火兵』，別的做什麼？」

「你不是給上海的書鋪子做過文章麼？」

「上海的書鋪子？買稿要一個一個的算字，空格不算數。妳看我做在

那裡的白話詩去，空白有多少，怕只值三百大錢一本罷。收版權稅又半年

六月沒消息，『遠水救不得近火』，誰耐煩。」

「那麼，給這裡的報館裡……」

「給報館裡？便在這裡很大的報館裡，我靠著一個學生在那裡做編輯

的大情面，一千字也就是這幾個錢，即使一早做到夜，能夠養活你們麼？

況且我肚子裡也沒有這許多文章。」

「那麼，過了節怎麼辦呢？」

「過了節麼？仍舊做官……明天店家來要錢，妳只要說初八的下午。」

他又要看《嘗試集》了。方太太怕失了機會，連忙吞吞吐吐的說：

「我想，過了節，到了初八，我們……倒不如去買一張彩票……」

「胡說！會說出這樣無教育的……」

這時候，他忽而又記起被金永生支使出來以後的事了。那時他惘惘的走過稻香村，看見店門口豎著許多斗大的字的廣告道「頭彩幾萬元」，彷彿記得心裡也一動，或者也許放慢了腳步的罷，但似乎因爲捨不得皮夾裡僅存的六角錢，所以竟也毅然決然的走遠了。

他臉色一變，方太太料想他是在惱著伊的無教育，便趕緊退開，沒有說完話。方玄綽也沒有說完話，將腰一伸，咿咿嗚嗚的就唸《嘗試集》。

一九二二年六月

白光

他突然仰面向天，月亮已向西高峰這方面隱去，
遠想離城三十五里的西高峰正在眼前，
朝笏一般黑魆魆的挺立著，
周圍便放出浩大閃爍的白光來。

陳士成看過縣考的榜，回到家裡的時候，已經是下午了。他去得本很早，一見榜，便先在這上面尋陳字。陳字也不少，似乎也都爭先恐後的跳進他眼睛裡來，然而接著的卻全不是士成這兩個字。他於是重新再在十二張榜的圓圈裡細細地搜尋，看的人全已散盡了，而陳士成在榜上終於沒有見，單站在試院的照壁的面前。

涼風雖然拂拂的吹動他斑白的短髮，初冬的太陽都還是很溫和的來曬他。但他似乎被太陽曬得頭暈了，臉色越加變成灰白，從勞乏的紅腫的兩眼裡，發出古怪的閃光。這時他其實早已不看到什麼牆上的榜文了，只見有許多烏黑的圓圈，在眼前泛泛的游走。

雋了秀才，上省去鄉試，一徑聯捷上去……，紳士們既然千方百計的來攀親，人們又都像看見神明似的敬畏，深悔先前的輕薄，發昏……，趕走了租住在自己破宅門裡的雜姓——那是不勞說趕，自己就搬的，屋宇全新了，門口是旗竿和匾額……，要清高可以做京官，否則不如謀外放……

他平日安排停當的前程，這時候又像受潮的糖塔一般，剎時倒塌，只剩下一堆碎片了。他不自覺的旋轉了覺得渙散了的身軀，惘惘的走向歸家的路。

他剛到自己的房門口，七個學童便一齊放開喉嚨，吱的唸起書來。他大吃一驚，耳朵邊似乎敲了一聲磬，只見七個頭拖了小辮子在眼前晃，晃得滿房，黑圈子也夾著跳舞。他坐下了，他們送上晚課來，臉上都顯出小覷他的神色。

「回去罷。」他遲疑了片時，這才悲慘的說。

他們胡亂的包了書包，挾著，一溜煙跑走了。

陳士成還看見許多小頭夾著黑圓圈在眼前跳舞，有時雜亂，有時也排成異樣的陣圖，然而漸漸的減少，模糊了。

「這回又完了！」

他大吃一驚，直跳起來，分明就在耳朵邊的話，回過頭去卻並沒有什

麼人，彷彿又聽得嗡的敲了一聲磬，自己的嘴也說道：「這回又完了！」

他忽而舉起一隻手來，屈指計數著想，十一……十三回，連今年是十六回，竟沒有一個考官懂得文章，有眼無珠，也是可憐的事，便不由嘻嘻的失了笑。然而他憤然了，驀地從書包布底下抽出謄真的制藝和試帖來，拿著往外走，剛近房門，卻看見滿眼都明亮，連一群雞也正在笑他，便禁不住心頭突突的狂跳，只好縮回裡面了。

他又就了坐，眼光格外的閃爍；他目睹著許多東西，然而很模糊——是倒塌了的糖塔一般的前程躺在他面前，這前程又只是廣大起來，阻住了他的一切路。

別家的炊煙早消歇了，碗筷也洗過了，而陳士成還不去做飯。寓在這裡的雜姓是知道老例的，凡遇到縣考的年頭，看見發榜後的這樣的眼光，不如及早關了門，不要多管事，最先就絕了人聲，接著是陸續的熄了燈火，獨有月亮，卻緩緩的出現在寒夜的空中。

空中青碧到如一片海，略有些浮雲，彷彿有誰將粉筆洗在筆洗裡似的搖曳。月亮對著陳士成注下寒冷的光波來，當初也不過像是一面新磨的鐵鏡罷了，而這鏡卻詭秘的照透了陳士成的全身，就在他身上映出鐵的月亮的影。

他還在房外的院子裡徘徊，眼裡頗清淨了，四近也寂靜。但這寂靜忽又無端的紛擾起來，他耳邊又確鑿聽到急促的低聲說：「左彎右彎……」

他聳然了，傾耳聽時，那聲音卻又提高的複述道：「右彎！」

他記得了。這院子，是他家還未如此凋零的時候，一到夏天的夜間，夜夜和他的祖母在此納涼的院子。那時他不過十歲有零的孩子，躺在竹榻上，祖母便坐在榻旁邊，講給他有趣的故事聽。伊說是曾經聽得伊的祖母說，陳氏的祖宗是巨富的，這屋子便是祖基，祖宗埋著無數的銀子，有福氣的子孫一定會得到的罷，然而至今還沒有現。至於處所，那是藏在一個謎語的中間。

「左彎右彎，前走後走，量金量銀不論斗。」

對於這謎語，陳士成便在平時，本也常常暗地裡加以揣測的，可惜大抵剛以為可通，卻又立刻覺得不合了。有一回，他確有把握，知道這是在租給唐家的房底下的了，然而總沒有前去發掘的勇氣；過了幾時，可又覺得太不相像了。至於他自己房子裡的幾個掘過的舊痕道，那卻全是先前幾回下第以後的發了怔忡的舉動，後來自己一看到，也還感到慚愧而且羞人。

但今天鐵的光罩住了陳士成，又軟軟的來勸他了，他或者偶一遲疑，便給他正經的證明，又加上陰森的催逼，使他不得不又向自己的房裡轉過眼光去。

白光如一柄白團扇，搖搖擺擺的閃起在他房裡了。

「它終於在這裡！」

他說著，獅子似的趕快走進那房裡去，但跨進裡面的時候，便不見了白光的影蹤。只有莽蒼蒼的一間舊房，和幾個破書桌都沒在昏暗裡。他爽

然的站著，慢慢的再定睛，然而白光卻分明的又起來了，這回更廣大，比硫黃火更白淨，比朝霧更靠微，而且便在靠東牆的一張書桌下。

陳士成獅子似的奔到門後邊，伸手去摸鋤頭，撞著一條黑影。他不知怎的有些怕了，張惶的點了燈，看鋤頭無非倚著。他移開桌子，用鋤頭一氣掘起四塊大方磚，蹲身一看，照例是黃澄澄的細沙，搯了袖爬開細沙，便露出下面的黑土來。他極小心的，幽靜的，一鋤一鋤往下掘，然而深夜究竟太寂靜了，尖鐵觸土的聲音，總是鈍重的不肯瞞人的發響。

土坑深到二尺多了，並不見有甕口，陳士成正心焦，一聲脆響，頗震得手腕痛，鋤尖碰著什麼堅硬的東西了；他急忙拋下鋤頭，摸索著看時，一塊大方磚在下面。

他的心抖得很厲害，聚精會神的挖起那方磚來，下面也滿是先前一樣的黑土，爬鬆了許多土，下面似乎還無窮。但忽而又觸著堅硬的小東西了，圓的，大約是一個銹銅錢；此外也還有幾片破碎的磁片。

陳士成心裡彷彿覺得空虛了，渾身流汗，急躁的只爬搔；這其間，心在空中一抖動，又觸著一種古怪的小東西了，這似乎約略有些馬掌形的，但觸手很鬆脆。

他又聚精會神的挖起那東西來，謹慎的撮著，就燈光下仔細的看時，那東西斑斑剝剝的像是爛骨頭，上面還帶著一排零落不全的牙齒。他已經悟到這許是下巴骨了，而那下巴骨也便在他手裡索索的動彈起來，而且笑吟吟的顯出笑影，終於聽得他開口道：「這回又完了！」

他慄然的發了大冷，同時也放了手，下巴骨輕飄飄的回到坑底裡不多久，他也就逃到院子裡了。他偷看房裡面，燈火如此輝煌，下巴骨如此嘲笑，異乎尋常的怕人，便再不敢向那邊看。

他躲在遠處的簷下的陰影裡，覺得較爲平安了；但在這平安中，忽而耳朵邊又聽得竊竊的低聲說：「這裡沒有……到山裡去……」

陳士成似乎記得白天在街上也曾聽得有人說這種話，他不待再聽完，

已經恍然大悟了。他突然仰面向天，月亮已向西高峰這方面隱去，遠想離城三十五里的西高峰正在眼前，朝笏一般黑魆魆的挺立著，周圍便放出浩大閃爍的白光來。

而且這白光又遠遠的就在前面了。

「是的，到山裡去！」

他決定的想，慘然的奔出去了。幾回的開門聲之後，門裡面便再不聞一些聲息。燈火結了大燈花照著空屋和坑洞，畢畢剝剝的炸了幾聲之後，便漸漸的縮小以至於無有，是殘油已經燒盡了。

「開城門來——」

合著大希望的恐怖的悲聲，游絲似的在西關門前的黎明中，戰戰兢兢的叫喊。

第二天的日中，有人在離西門十五里的萬流湖裡看見一個浮屍，當即傳揚開去，終於傳到地保的耳朵裡，便叫鄉下人撈將上來。

那是一個男屍，五十多歲，「身中面白無鬚」，渾身也沒有什麼衣褲。或者說這就是陳士成。但鄰居懶得去看，也並無屍親認領，於是經縣委員相驗之後，便由地保抬埋了。

至於死因，那當然是沒有問題的，剝取死屍的衣服本來是常有的事，夠不上疑心到謀害去：而且仵作也證明是生前的落水，因爲他確鑿曾在水底裡掙命，所以十個指甲裡都滿嵌著河底泥。

一九二二年六月

兔和貓

我曾經害過貓，平時也常打貓，
尤其是在他們配合的時候。
但我之所以打的原因並非因為他們配合，
是因為他們嚷，嚷到使我睡不著，
我以為配合是不必這樣大嚷而特嚷的。

住在我們後進院子裡的三太太，在夏間買了一對白兔，是給伊的孩子們看的。

這一對白兔，似乎離娘並不久，雖然是異類，也可以看出牠們的天眞爛漫來。但也豎直了小小的通紅的長耳朵，動著鼻子，眼睛裡頗現些驚疑的神色，大約究竟覺得人地生疏，沒有在老家時候的安心了。

這種東西，倘到廟會日期自己出去買，每個至多不過兩吊錢，而三太太卻花了一元，因爲是叫小使上店買來的。

孩子們自然大得意了，嚷著圍住了看；大人也都圍著看，還有一匹小狗名叫S的也跑來，闖過去一嗅，打了一個噴嚏，退了幾步。三太太吆喝道，「S，聽著，不准你咬牠！」於是在牠頭上打了一掌，S便退開了，從此並不咬。

這一對兔總是關在後窗後面的小院子裡的時候多，聽說是因爲太喜歡撕壁紙，也常常啃木器腳。

原來一個的肚子比別一個的大得多了。牠們第二天便將乾草和樹葉銜進洞

後腳一踢，不到半天，已經掘成一個深洞。大家都奇怪，後來仔細看時，

這樣的幾個月之後，牠們忽而自己掘土了，掘得非常快，前腳一抓，

個小木箱，裡面鋪些稻草，就在後窗的房檐下。

的站在小手的圈子裡，但一有空，卻也就溜開去了。牠們夜裡的臥榻是一

孩子們時時捉牠們來玩耍；牠們很和氣，豎起耳朵，動著鼻子，馴良

還不至於有什麼罷。

大黑貓，常在矮牆上惡狠狠的看，這卻要防的，幸而S和貓是對頭，或者

三太太說，鴉鵲倒不打緊，至多也不過吃一點食料，可惡的是一匹

回，再也不敢近來了。

一彈，春的一聲直跳上來，像飛起了一團雪，鴉鵲嚇得趕緊走，這樣的幾

菜也不吃了。烏鴉喜鵲想要下來時，牠們便躬著身子用後腳在地上使勁的

這小院子裡有一株野桑樹，桑子落地，牠們最愛吃，便連餵牠們的波

裡去，忙了大半天。

大家都高興，說又有小兔可看了；三太太便對孩子們下了戒嚴令，從此不許再去捉。

我的母親也很喜歡牠們家族的繁榮，還說待生下來的離了乳，也要去討兩匹來養在自己的窗外面。

牠們從此便住在自造的洞府裡，有時也出來吃些食，後來不見了，可不知道牠們是預先運糧存在裡面呢還是竟不吃。

過了十多天，三太太對我說，那兩匹又出來了，大約小兔是生下來又都死掉了，因為雌的一匹的奶非常多，卻並不見有進去哺養孩子的形迹。

有一天，太陽很溫暖，也沒有風，樹葉都不動，我忽聽得許多人在那裡笑，尋聲看時，卻見許多人都靠著三太太的後窗看；原來有一個小兔，在院子裡跳躍了。這比牠的父母買來的時候還小得遠，但也已經能用後腳

一彈地，蹦跳起來了。

孩子們爭看告訴我說，還看見一個小兔到洞口來探一探頭，但是即刻縮回去了，那該是牠的弟弟罷。

那小的也撿些草葉吃，然而大的似乎不許牠，往往夾口的搶去了，而自己並不吃。孩子們笑得響，那小的終於吃驚了，便跳著鑽進洞裡去；大的也跟到洞門口，用前腳推著牠的孩子的脊樑，推進之後，又爬開泥土來封了洞。

從此小院子裡更熱鬧，窗口也時時有人窺探了。

然而竟又全不見了那小的和大的。這時是連日的陰天，三太太又慮到遭了那大黑貓的毒手的事去。我說不然，那是天氣冷，當然都躲著，太陽一出，一定出來的。

大陽出來了，牠們卻都不見。於是大家就忘卻了。

惟有三太太是常在那裡餵牠們波菜的，所以常想到。

伊有一回走進窗後的小院子去，忽然在牆角上發見了一個別的洞，再看舊洞口，卻依稀的還見有許多爪痕。

這爪痕倘說是大兔的，爪該不會有這樣大，伊又疑心到那常在牆上的大黑貓去了，伊於是也就不能不定下發掘的決心了。

伊終於出來取了鋤子，一路掘下去，雖然疑心，卻也希望著意外的見了小白兔的，但是待到底，卻只見一堆爛草夾些兔毛，怕還是臨蓐時候所鋪的罷，此外是冷清清的，全沒有什麼雪白的小兔的蹤跡，以及牠那只先探頭未出洞外的弟弟了。

氣忿和失望和淒涼，使伊不能不再掘那牆角上的新洞了。一動手，那大的兩匹便先竄出洞外面。伊以為牠們搬了家了，很高興，然而仍然掘，待見底，那裡面也鋪著草葉和兔毛，而上面卻睡著七個很小的兔，遍身肉紅色，細看時，眼睛全都沒有開。

一切都明白了，三太太先前的預料果不錯。伊為預防危險起見，便將

七個小的都裝在木箱中，搬進自己的房裡，又將大的也捺進箱裡面，勒令伊去哺乳。

三太太從此不但深恨黑貓，而且頗不以大兔爲然了。據說當初那兩個被害之先，死掉的該還有，因爲他們生一回，決不至於只兩個，但爲了哺乳不勻，不能爭食的就先死掉。這大概也不錯的，現在七個之中，就有兩個很瘦弱。所以三太太一有閒空，便捉住母兔，將小兔一個一個輪流的擺在肚子上來喝奶，不准有多少。

母親對我說，那樣麻煩的養兔法，伊歷來連聽也未曾聽到過，恐怕是可以收入《無雙譜》的。

白兔的家族更繁榮，大家也又都高興了。

但自此之後，我總覺得淒涼。夜半在燈下坐著想，那兩條小性命，竟是人不知鬼不覺的早在不知什麼時候喪失了，生物史上不著一些痕跡，並S也不叫一聲。

我於是記起舊事來，先前我住在會館裡，清早起身，只見大槐樹下一片散亂的鴿子毛，這明明是膏於鷹吻的了，上午長班來一打掃，便什麼都不見，誰知道曾有一個生命斷送在這裡呢？

我又曾路過西四牌樓，看見一匹小狗被馬車軋得快死，待回來時，什麼也不見了，搬掉了罷，過往行人憧憧的走著，誰知道曾有一個生命斷送在這裡呢？

夏夜，窗外面，常聽到蒼蠅的悠長的吱吱的叫聲，這一定是給蠅虎咬住，然而我向來無所容心於其間，而別人並且不聽到……

假使造物也可以責備，那麼，我以為他實在將生命造得太濫，毀得太濫了。

嗥的一聲，又是兩條貓仕窗外打起架來。

「迅兒！你又在那裡打貓了？」

「不，牠們自己咬。牠哪裡會給我打呢？」

我的母親是素來很不以我的虐待貓為然的，現在大約疑心我要替小兔抱不平，下什麼辣手，便起來探問了。而我在全家的口碑上，卻的確算一個貓敵。我曾經害過貓，平時也常打貓，尤其是在他們配合的時候。但我之所以打的原因並非因為他們配合，是因為他們嚷，嚷到使我睡不著，我以為配合是不必這樣大嚷而特嚷的。

況且黑貓害了小兔，我更是「師出有名」的了。我覺得母親實在太修善，於是不由的就說出模稜的近乎不以為然的答話來。

造物太胡鬧，我不能不反抗他了，雖然也許是倒是幫他的忙……

那黑貓是不能久在矮牆上高視闊步的了，我決定的想，於是又不由的一瞥那藏在書箱裡的一瓶青酸鉀。

一九二二年十月

社戲

屹立在莊外臨河的空地上的一座戲台，
模糊在遠處的月夜中，和空間幾乎分不出界限，
我疑心畫上見過的仙境，就在這裡出現了。
這時船走得更快，不多時，
在台上顯出人物來，紅紅綠綠的動，
近台的河裡一望烏黑的是看戲的人家的船篷。

我在倒數上去的二十年中，只看過兩回中國戲，前十年是絕不看，因爲沒有看戲的意思和機會，那兩回全在後十年，然而都沒有看出什麼來就走了。

第一回是民國元年我初到北京的時候，當時一個朋友對我說，北京戲最好，你不去見見世面麼？我想，看戲是有味的，而況在北京呢。於是都興致勃勃的跑到什麼園，戲文已經開場了，在外面也早聽到咚咚地響。我們挨進門，幾個紅的綠的在我的眼前一閃爍，便又看見戲台下滿是許多頭，再定神四面看，卻見中間也還有幾個空座，擠過去要坐時，又有人對我發議論，我因爲耳朵已經喤喤的響著了，用了心，才聽到他是說：「有人，不行！」

我們返到後面，一個辮子很光的卻來領我們到了側面，指出一個地位來。這所謂地位者，原來是一條長凳，然而它那坐板比我的上腿要狹到四分之三，它的腳比我的下腿要長過三分之二。我先是沒有爬上去的勇氣，

接著便聯想到私刑拷打的刑具，不由的毛骨悚然的走出了。

走了許多路，忽聽得我的朋友的聲音道，「究竟怎的？」

我回過臉去，原來他也被我帶出來了。他很詫異的說，「怎麼總是走，不答應？」

我說，「朋友，對不起，我耳朵只在咚咚喤喤的響，並沒有聽到你的話。」

後來我每一想到，便很以為奇怪，似乎這戲太不好，否則便是我近來在戲台下不適於生存了。

第二回忘記了那一年，總之是募集湖北水災捐而譚叫天還沒有死。捐法是兩元錢買一張戲票，可以到第一舞台去看戲，扮演的多是名角，其一就是小叫天。我買了一張票，本是對於勸募人聊以塞責的，然而似乎又有好事家乘機對我說了此叫天不可不看的大法要了。我於是忘了前幾年的咚咚喤喤之災，竟到第一舞台去了，但大約一半也因為重價購來的寶票，總

得使用了才舒服。

我打聽得叫天出台是遲的，而第一舞台卻是新式構造，用不著爭座位，便放了心，延宕到九點鐘才出去，誰料照例，人都滿了，連立足也難，我只得擠在遠處的人叢中看一個老旦在台上唱。那老旦嘴邊插著兩個點火的紙捻子，旁邊有一個鬼卒，我費盡思量，才疑心他或者是目蓮的母親，因為後來又出來了一個和尚。

然而我又不知道那名角是誰，就去問擠小在我的左邊的一位胖紳士。他很看不起似的斜瞥了我一眼，說道，「龔雲甫！」我深愧淺陋而且粗疏，臉上一熱，同時腦裡也制出了決不再問的定章，於是看小旦唱、看花旦唱、看老生唱，看不知什麼角色唱，看一大班人亂打，看兩三個人互打，從九點多到十點，從十點到十一點，從十一點到十一點半，從十一點半到十二點，然而叫天竟還沒有來。

我向來沒有這樣忍耐的等候過什麼事物，而況這身邊的胖紳士的吁吁

的喘氣，這台上的咚咚喤喤的敲打，紅紅綠綠的晃蕩，加之以十二點，忽

即使我省悟列在這裡不適於生存了。

我同時便機械的擰轉身子，用力往外只一擠，覺得背後便已滿滿的，

大約那彈性的胖紳士早在我的空處胖開了他的右半身了。我後無回路，自

然擠而又擠，終於出了大門。

街上除了專等看客的車輛之外，幾乎沒有什麼行人了，大門口都還有

十幾個人昂著頭看戲目，別有一堆人站著並不看什麼，我想：他們大概是

看散戲之後出來的女人們的，而叫天都還沒有來……

然而夜氣很清爽，真所謂「沁人心脾」，我在北京遇著這樣的好空

氣，彷彿這是第一遭了。

這一夜，就是我對於中國戲告了別的一夜，此後再沒有想到它，即使

偶而經過戲園，我們也漠不相關，精神上早已一在天之南一在地之北了。

但是前幾天，我忽在無意之中看到一本日本文的書，可惜忘記了書名

和著者，總之是關於中國戲的。其中有一篇，大意彷彿說，中國戲是大敲，大叫，大跳，使看客頭昏腦眩，很不適於劇場，但若在野外散漫的所在，遠遠的看起來，也自有它的風致。

我當時覺得這正是說了在我意中而未曾想到的話，因為我確記得在野外看過很好的好戲，到北京以後的連進兩回戲園去，也許還是受了那時的影響哩。可惜我不知道怎麼一來，竟將書名忘卻了。

至於我看那好戲的時候，卻實在已經是「遠哉遙遙」的了，其時恐怕我還不過十一二歲。我們魯鎮的習慣，本來是凡有出嫁的女兒，倘自己還未當家，夏間便大抵回到母家去消夏。那時我的祖母雖然還康健，但母親也已分擔了些家務，所以夏期便不能多日的歸省了，只得在掃墓完畢之後，抽空去住幾天，這時我便每年跟了我的母親住在外祖母的家裡。那地方叫平橋村，是一個離海邊不遠，極偏僻的，臨河的小村莊；住戶不滿三十家，都種田、打魚，只有一家很小的雜貨店。但在我是樂土，因為我在

這裡不但得到優待，又可以免念「秩秩斯干幽幽南山」了。

和我一同玩的是許多小朋友，因為有了遠客，他們也都從父母那裡得了減少工作的許可，伴我來遊戲。在小村裡，一家的客，幾乎也就是公共的。我們年紀都相仿，但論起行輩來，卻至少是叔子，有幾個還是太公，因為他們合村都同姓，是本家。然而我們是朋友，即使偶而吵鬧起來，打了太公，一村的老老小小，也決沒有一個會想出「犯上」這兩個字來，而他們也百分之九十九不識字。

我們每天的事情大概是掘蚯蚓，掘來穿在銅絲做的小鉤上，伏在河沿上去釣蝦。蝦是水世界裡的呆子，決不憚用了自己的兩個鉗捧著鉤尖送到嘴裡去的，所以不半天便可以釣到一大碗。這蝦照例是歸我吃的。其次便是一同去放牛，但或者因為高等動物了的緣故罷，黃牛水牛都欺生，敢於欺侮我，因此我也總不敢走近身，只好遠遠地跟著，站著。這時候，小朋友們便不再原諒我會讀「秩秩斯干」，卻全都嘲笑起來了。

至於我在那裡所第一盼望的，卻在到趙莊去看戲。趙莊是離平橋村五里的較大的村莊；平橋村太小，自己演不起戲，每年總付給趙莊多少錢，算作合做的。當時我並不想到他們為什麼年年要演戲。現在想，那或者是春賽，是社戲了。

就在我十一二歲時候的這一年，這日期也看看等到了。不料這一年真可惜，在早上就叫不到船。平橋村只有一只早出晚歸的航船是大船，決沒有留用的道理。其餘的都是小船，不合用；央人到鄰村去問，也沒有，早都給別人定下了。外祖母很氣惱，怪家裡的人不早定，絮叨起來。母親便寬慰伊，說我們魯鎮的戲比小村裡的好得多，一年看幾回，今天就算了。只有我急得要哭，母親卻竭力的囑咐我，說萬不能裝模裝樣，怕又招外祖母生氣，又不准和別人一同去，說是怕外祖母要擔心。

總之，是完了。到下午，我的朋友都去了，戲已經開場了，我似乎聽到鑼鼓的聲音，而且知道他們在戲台下買豆漿喝。

這一天我不釣蝦，東西也少吃。母親很為難，沒有法子想。到晚飯時候，外祖母也終於覺察了，並且說我應當不高興，他們太怠慢，是待客的禮數裡從來所沒有的。

吃飯之後，看過戲的少年們也都聚攏來了，高高興興的來講戲。只有我不開口；他們都嘆息而且表同情。忽然間，一個最聰明的雙喜大悟似的提議了，他說，「大船？八叔的航船不是回來了麼？」十幾個別的少年也大悟，立刻攛掇起來，說可以坐了這航船和我一同去。

我高興了。然而外祖母又怕都是孩子們，不可靠；母親又說是若叫大人一同去，他們白天全有工作，要他熬夜，是不合情理的。在這遲疑之中，雙喜又看出底細來了，便又大聲的說道，「我寫包票！船又大，迅哥兒向來不亂跑，我們又都是識水性的！」

誠然！這十多個少年，委實沒有一個不會游水的，而且兩三個還是弄潮的好手。外祖母和母親也相信，便不再駁回，都微笑了。我們立刻一哄

的出了門。

我的很重的心忽而輕鬆了，身體也似乎舒展到說不出的大。一出門，便望見月下的平橋內泊著一隻白篷的航船，大家跳下船，雙喜拔前篙，阿發拔後篙，年幼的都陪我坐在艙中，較大的聚在船尾。母親送出來吩咐「要小心」的時候，我們已經點開船，在橋右上一磕，退後幾尺，即又上前出了橋。於是架起兩支櫓，一支兩人，一里一換，有說笑的，有嚷的，夾著潺潺的船頭激水的聲音，在左右都是碧綠的豆麥田地的河流中，飛一般逕向趙莊前進了。

兩岸的豆麥和河底的水草所發散出來的清香，夾雜在水氣中撲面的吹來；月色便朦朧在這水氣裡。淡黑的起伏的連山，彷彿是踴躍的鐵的獸脊似的，都遠遠地向船尾跑去了，但我都還以為船慢。他們換了四回手，漸望見依稀的趙莊，而且似乎聽到歌吹了，還有幾點火，料想便是戲台，但或者也許是漁火。

那聲音大概是橫笛，宛轉，悠揚，使我的心也沉靜，然而又自失起來，覺得要和它彌散在含着豆麥蘊藻之香的夜氣裡。

那火接近了，果然是漁夫；我才記得先前望見的也不是趙莊。那是正對船頭的一叢松柏林，我去年也曾經去遊玩過，還看見破的石馬倒在地下，一個石羊蹲在草裡呢。

過了那林，船便彎進了叉港，於是趙莊便眞在眼前了。

最惹眼的是屹立在莊外臨河的空地上的一座戲台，模糊在遠處的月夜中，和空間幾乎分不出界限，我疑心畫上見過的仙境，就在這裡出現了。

這時船走得更快，不多時，在台上顯出人物來，紅紅綠綠的動，近台的河裡一望烏黑的是看戲的人家的船篷。

「近台沒有什麼空了，我們遠遠的看罷。」阿發說。

這時船慢了，不久就到，果然近不得台旁，大家只能下了篙，比那正對戲台的神棚還要遠。其實我們這白篷的航船，本也不願意和烏篷的船在

一處，而況並沒有空地呢……

在停船的匆忙中，看見台上有一個黑的長鬍子的背上插著四張旗，捏著長槍，和一群赤膊的人正打仗。雙喜說，那就是有名的鐵頭老生，能運翻八十四個筋斗，他日裡親自數過的。

我們便都擠在船頭上看打仗，但那鐵頭老生卻又並不翻筋斗，只有幾個赤膊的人翻，翻了一陣，都進去了，接著走出一個小旦來，咿咿呀呀的唱，雙喜說，「晚上看客少，鐵頭老生也懈了，誰肯顯本領給白地看呢？」

我相信這話對，因爲其時台下已經不很有人，鄉下人爲了明天的工作，熬不得夜，早都睡覺去了，疏疏朗朗的站著的不過是幾十個本村和鄰村的閑漢。

烏篷船裡的那些土財主的家眷固然在，然而他們也不在乎看戲，多半是專到戲台下來吃糕餅水果和瓜子的。所以簡直可以算白地。

然而我的意思卻也並不在乎看翻筋斗。我最願意著的是一個人蒙了白

布，兩手在頭上捧著一支棒似的蛇頭的蛇精，其次是套了黃布衣跳老虎。

但是等了許多時都不見，小旦雖然進去了，立刻又出來了一個很老的小生。我有些疲倦了，託桂生買豆漿去。他去了一刻，回來說，「沒有。賣豆漿的聾子也回去了。日裡倒有，我還喝了兩碗呢。現在去舀一瓢水來給你喝罷。」

我不喝水，支撐著仍然看，也說不出見了些什麼，只覺得戲子的臉都漸漸的有些稀奇了，那五官漸不明顯，似乎蝕成一片的再沒有什麼高低。

年紀小的幾個多打呵欠了，大的也各管自己談話。然而一個紅衫的小丑被綁在台柱子上，給一個花白鬍子的用馬鞭打起來了，大家才又振作精神的笑著看。在這一夜裡，我以為這實在要算是最好的一折。

然而老旦終於出台了。老旦本來是我所最怕的東西，尤其是怕他坐下了唱。這時候，看見大家也都很掃興，才知道他們的意見是和我一致的。

那老旦當初還只是踱來踱去的唱，後來竟在中間的一把交椅上坐下

了。我很擔心；雙喜他們卻就破口喃喃的罵。我忍耐的等著，許多工夫，只見那老旦將手一抬，我以為就要站起來了，不料他卻又慢慢的放下在原地方，仍舊唱。

全船裡幾個人不住的吁氣，其餘的也打起呵欠來。雙喜終於熬不住了，說道，怕他會唱到天明還不完，還是我們走的好罷。大家立刻都贊成，和開船時候一樣踴躍，三四人徑奔船尾，找了篙，點退幾丈，回轉船頭，架起櫓，罵著老旦，又向那松柏林前進了。

月還沒有落，彷彿看戲也並不很久似的，而一離趙莊，月光又顯得格外的皎潔。回望戲台在燈火光中，卻又如初來未到時候一般，又縹緲得像一座仙山樓閣，滿被紅霞罩著了。吹到耳邊來的又是橫笛，很悠揚；我疑心老旦已經進去了，但也不好意思說再回去看。

不多久，松柏林早在船後了，船行也並不慢，但周圍的黑暗只是濃，可知已經到了深夜。他們一面議論著戲子，或罵，或笑，一面加緊的搖

船。這一次船頭的激水聲更其響亮了，那航船，就像一條大白魚背著一群孩子在浪花裡躍，連夜漁的幾個老漁父，也停了艇子看著喝采起來。

離平橋村還有一里模樣，船行卻慢了，搖船的都說很疲乏，因為太用力，而且許久沒有東西吃。這回想出來的是桂生，說是羅漢豆正旺相，柴火又現成，我們可以偷一點來煮吃的。大家都贊成，立刻近岸停了船；岸上的田裡，烏油油的便都是結實的羅漢豆。

「啊啊，阿發，這邊是你家的，這邊是老六一家的，我們偷那一邊的呢？」雙喜先跳下去了，在岸上說。

我們也都跳上岸。阿發一面跳，一面說道，「且慢，讓我來看一看罷，」他於是往來的摸了一回，直起身來說道，「偷我們的罷，我們的大得多呢。」一聲答應，大家便散開在阿發家的豆田裡，各摘了一大捧，拋入船艙中。雙喜以為再多偷，倘給阿發的娘知道是要哭罵的，於是各人便到六一公公的田裡又各偷了一大捧。

我們中間幾個年長的仍然慢慢的搖著船，幾個到後艙去生火，年幼的和我都剝豆。不久豆熟了，便任憑航船浮在水面上，都圍起來用手撮著吃。吃完豆，又開船，一面洗器具，豆莢豆殼全拋在河水裡，什麼痕跡也沒有了。雙喜所慮的是用了八公公船上的鹽和柴，這老頭子很細心，一定要知道，會罵的。然而大家議論之後，歸結是不怕。他如果罵，我們便要他歸還去年在岸邊拾去的一枝枯柏樹，而且當面叫他「八癩子」。

「都回來了！哪裡會錯。我原說過寫包票的！」雙喜在船頭上忽而大聲的說。

我向船頭一望，前面已經是平橋。橋腳上站著一個人，卻是我的母親，雙喜便是對伊說著話。我走出前艙去，船也就進了平橋了，停了船，我們紛紛都上岸。母親頗有些生氣，說是過了三更了，怎麼回來得這樣遲，但也就高興了，笑著邀大家去吃炒米。

大家都說已經吃了點心，又渴睡，不如及早睡的好，各自回去了。

第二天，我向午才起來，並沒有聽到什麼關係八公公鹽柴事件的糾

葛，下午仍然去釣蝦。

「雙喜，你們這班小鬼，昨天偷了我的豆了罷？又不肯好好的摘，踏

壞了不少。」我抬頭看時，是六一公公掉著小船，賣了豆回來了，船肚裡

還有剩下的一堆豆。

「是的。我們請客。我們當初還不要你的呢。你看，你把我的蝦嚇跑

了！」雙喜說。

六一公公看見我，便停了楫，笑道，「請客，這是應該的。」於是對

我說，「迅哥兒，昨天的戲可好麼？」

我點一點頭，說道，「好。」

「豆可中吃呢？」

我又點一點頭，說道，「很好。」

不料六一公公竟非常感激起來，將大拇指一翹，得意的說道，「這真

是大市鎮裡出來的讀過書的人才識貨！我的豆種是粒粒挑選過的，鄉下人不識好歹，還說我的豆比不上別人的呢。我今天也要送些給我們的姑奶奶嚐嚐去⋯⋯」他於是打著楫子過去了。

待到母親叫我回去吃晚飯的時候，桌上便有一大碗煮熟了的羅漢豆，就是六一公公送給母親和我吃的。聽說他還對母親極口誇獎我，說「小小年紀便有見識，將來一定要中狀元。姑奶奶，妳的福氣是可以寫包票的了。」但我吃了豆，卻並沒有昨夜的豆那麼好。

真的，一直到現在，我實在再沒有吃到那夜似的好豆，也不再看到那夜似的好戲了。

一九二二年十月

頭髮的風波

中國人的反抗，何嘗因為亡國，只是因為拖辮子。

頑民殺盡了，遺老都壽終了，辮子早留定了，洪楊又鬧起來了。

全留著頭髮的被官兵殺，還是辮子的便被長毛殺！

有多少中國人只因為這不痛不癢的頭髮而吃苦，受難，滅亡。」

星期日的早晨，我揭去一張隔夜的日曆，向著新的那一張上看了又看的說：「啊，十月十日──今天原來正是雙十節。這裡卻一點沒有記載！」

我的一位前輩先生N，正走到我的寓裡來談閑天，一聽這話，便很不高興的對我說：「他們對！他們不記得，你怎樣地，你記得，又怎樣呢！」

這位N先生本來脾氣有點乖張，時常生些無謂的氣，說些不通世故的話。當這時候，我大抵任他自言自語，不讚一辭；他獨自發完議論，也就算了。他說：

「我最佩服北京雙十節的情形。早晨，警察到門，吩咐道『掛旗！』『是，掛旗！』各家大半懶洋洋的踱出一個國民來，撅起一塊斑駁陸離的洋布。這樣一直到夜，收了旗關門；幾家偶然忘卻的，便掛到第二天的上午。

他們忘卻了紀念，紀念也忘卻了他們！

我也是忘卻了紀念的一個人。倘使紀念起來，那第一個雙十節前後的事，便都上我的心頭，使我坐立不穩了。

多少故人的臉，都浮在我眼前。幾個少年辛苦奔走了十多年，暗地裡一顆彈丸要了他的性命；幾個少年一擊不中，在監牢裡身受一個多月的苦刑；幾個少年懷著遠志，忽然蹤影全無，連屍首也不知哪裡去了。他們都在社會的冷笑惡罵迫害傾陷裡過了一生；現在他們的墳墓也早在忘卻裡漸漸平塌下去了。

我不堪紀念這些事。我們還是記起一點得意的事來談談罷。

N忽然現出笑容，伸手在自己頭上一摸，高聲說：

「我最得意的是從第一個雙十節以後，我在路上走，不再被人笑罵了。

老兄，你可知道頭髮是我們中國人的寶貝和冤家，古今來多少人在這上頭吃些毫無價值的苦呵！

我們的很古的古人，對於頭髮似乎也還看輕。據刑法看來，最要緊的自然是腦袋，所以大闢是上刑；次要便是生殖器了，所以宮刑和幽閉也是一件嚇人的罰；至於髭，那是微乎其微了；然而推想起來，正不知道曾有

多少人們因為光著頭皮便被社會踐踏了一生世。

我們講革命的時候，人談什麼揚州十日，嘉定屠城，其實也不過一種手段；老實說：那時中國人的反抗，何嘗因為亡國，只是因為拖辮子。

頑民殺盡了，遺老都壽終了，辮子早留定了，洪楊又鬧起來了。我的祖母曾對我說，那時做百姓才難哩，全留著頭髮的被官兵殺，還是辮子的便被長毛殺！我不知道有多少中國人只因為這不痛不癢的頭髮而吃苦，受難，滅亡。」

N兩眼望著屋樑，似乎想些事，仍然說：

「誰知道頭髮的苦輪到我了。我出去留學，便剪掉了辮子，這並沒有別的奧妙，只為它太不便當罷了。不料有幾位辮子盤在頭頂上的同學們便很厭惡我；監督也大怒，說要停了我的官費，送回中國去。

不幾天，這位監督卻自己被人剪去辮子逃走了。去剪的人們裡面，一個便是做《革命軍》的鄒容，這人也因此不能再留學，回到上海來，後來

死在西牢裡。你也早已忘卻了罷？

過了幾年，我的家景大不如前了，非謀點事做便要受餓，只得也回到中國來。我一到上海，便買定一條假辮子，那時是二元的市價，帶著回家。我的母親倒也不說什麼，然而旁人一見面，便都首先研究這辮子，待到知道是假，就一聲冷笑，將我擬爲殺頭的罪名；有一位本家，還預備去告官，但後來因爲恐怕革命黨的造反或者要成功，這才中止了。

我想，假的不如眞的直截爽快，我便索性廢了假辮子，穿著西裝在街上走。一路走去，一路便是笑罵的聲音，有的還跟在後面罵：『這冒失鬼！』『假洋鬼子！』

我於是不穿洋服了，改了大衫，他們罵得更厲害。

在這日暮途窮的時候，我的手裡才添出一支手杖來，拚命的打了幾回，他們漸漸的不罵了。只是，到沒有打過的生地方還是罵。

這件事很使我悲哀，至今還時時記得哩。我在留學的時候，曾經看見

日報上登載一個游歷南洋和中國的本多博士的事；這位博士是不懂中國和馬來語的，人問他，你不懂話，怎麼走路呢？他拿起手杖來說，這便是他們的話，他們都懂！我因此氣憤了好幾天，誰知道我竟不知不覺的自己也做了，而且那些人都懂了。……

宣統初年，我在本地的中學校做監學，同事是避之惟恐不遠，官僚是防之惟恐不嚴，我終日如坐在冰窖子裡，如站在刑場旁邊，其實並非別的，只因為缺少了一條辮子！

有一日，幾個學生忽然走到我的房裡來，說『先生，我們要剪辮子了。』我說，『不行！』『有辮子好呢，沒有辮子好呢？』『沒有辮子好……』『你怎麼說不行呢？』『犯不上，你們還是不剪上算，等一等罷。』他們不說什麼，噘著嘴唇走出房去；然而終於剪掉了。

呵！不得了了，人言嘖嘖了……我卻只裝作不知道，一任他們光著頭皮，和許多辮子一齊上講堂。

然而這剪辮病傳染了；第三天，師範學堂的學生忽然也剪下了六條辮子，晚上便開除了六個學生。這六個人，留校不能，回家不得，一直挨到第一個雙十節之後又一個多月，才消去了犯罪的火烙印。

我呢？也一樣，只是元年冬天到北京，還被人罵過幾次，後來罵我的人也被警察剪去了辮子，我就不再被人辱罵了；但我沒有到鄉間去。

N顯出非常得意模樣，忽而又沉下臉來：

「現在你們這些理想家，又在那裡嚷什麼女子剪髮了，又要造出許多毫無所得而痛苦的人！現在不是已經有剪掉頭髮的女人，因此考不進學校去，或者被學校除了名麼？

改革麼，武器在哪裡？工讀麼，工廠在哪裡？

仍然留起，嫁給人家做媳婦去……忘卻了一切還是幸福，倘使伊記著此平等自由的話，便要苦痛一生世！

我要借了阿爾志跋綏夫的話問你們：你們將黃金時代的出現預約給這

些人們的子孫了，但有什麼給這些人們自己呢？

啊，造物的皮鞭沒有到中國的脊樑上時，中國便永遠是這一樣的中國，決不肯自己改變一支毫毛！你們的嘴裡既然並無毒牙，何以偏要在額上貼起『蝮蛇』兩個大字，引乞丐來打殺？……」

N愈說愈離奇了，但一見到我不很願聽的神情，便立刻閉了口，站起來取帽子。我說，「回去麼？」

他答道，「是的，天要下雨了。」

我默默的送他到門口。他戴上帽子說：「再見！請你恕我打擾，好在明天便不是雙十節，我們統可以忘卻了。」

一九二〇年十月

魯迅自傳

這時正值俄日戰爭，
我偶然在電影上看見一個中國人因做偵探而將被斬，
因此又覺得在中國醫好幾個人也無用，
還應該有較為廣大的運動……

我於一八八一年生於浙江省紹興府城裡的一家姓周的家裡。父親是讀書的；母親姓魯，鄉下人，她以自修得到能夠看書的學力。

聽人說，在我幼小時候，家裡還有四五十畝水田，並不很愁生計。但到我十三歲時，我家忽而遭了一場很大的變故，幾乎什麼也沒有了；我寄住在一個親戚家裡，有時還被稱為乞食者。我於是決心回家，而我底父親又生了重病，約有三年多，死去了。

我漸至於連極少的學費也無法可想；我底母親便給我籌辦了一點旅費，教我去尋無需學費的學校去，因為我總不肯學做幕友或商人——這是我鄉衰落了的讀書人家子弟所常走的兩條路。

其時我是十八歲，便旅行到南京，考入水師學堂了，分在機關科。大約過了半年，我又走出，改進礦路學堂去學開礦，畢業之後，即被派往日本去留學。但待到在東京的預備學校畢業，我已經決意要學醫了。原因之一是因為我確知道了新的醫學對於日本維新有很大的助力。我於是進了仙

台醫學專門學校，學了兩年。

這時正值俄日戰爭，我偶然在電影上看見一個中國人因做偵探而將被斬，因此又覺得在中國醫好幾個人也無用，還應該有較為廣大的運動……先提倡新文藝。我便棄了學籍，再到東京，和幾個朋友立了些小計畫，但都陸續失敗了。我又想往德國去，也失敗了。終於，因為我底母親和幾個別的人很希望我有經濟上的幫助，我便回到中國來，這時我是二十九歲。

我一回國，就在浙江杭州的兩級師範學堂做化學和生理學教員，第二年就走出，到紹興中學堂去做教務長，第三年又走出，沒有地方可去，想在一個書店去做編譯員，到底被拒絕了。

但革命也就發生，紹興光復後，我做了師範學校的校長。革命政府在南京成立，教育部長招我去做部員，移入北京；後來又兼做北京大學、師範大學、女子師範大學的國文系講師。

到一九二六年，有幾個學者到段祺瑞政府去告密，說我不好，要捕拿我，我便因了朋友林語堂的幫助逃到廈門，去做廈門大學教授。十二月走出，到廣東做了中山大學教授，四月辭職，九月出廣東，一直住在上海。

我在留學時候，只在雜誌上登過幾篇不好的文章。初做小說是一九一八年，因為一個朋友錢玄同的勸告，做來登在《新青年》上的。這時才用「魯迅」的筆名；也常用別的名字做一點短論。現在匯印成書的有兩本短篇小說集：《吶喊》、《彷徨》。一本論文，一本回憶記，一本散文詩，四本短評。別的，除翻譯不計外，印成的又有一本《中國小說史略》，和一本編定的《唐宋傳奇集》。

一九三〇年五月十六日

秋夜

哇的一聲，夜遊的惡鳥飛過了。

我忽而聽到夜半的笑聲，

吃吃地，似乎不願意驚動睡著的人，

然而四圍的空氣都應和著笑。

在我的後園，可以看見牆外有兩株樹，一株是棗樹，還有一株也是棗樹。這上面的夜的天空，奇怪而高，我生平沒有見過這樣奇怪而高的天空。他彷彿要離開人間而去，使人們仰面不再看見。然而現在卻非常之藍，閃閃地䀹著幾十個星星的眼，冷眼。他的口角上現出微笑，似乎自以為大有深意，而將繁霜灑在我的園裡的野花草上。

我不知道那些花草真叫什麼名字，人們叫他們什麼名字。我記得有一種開過極細小的粉紅花，現在還開著，但是更極細小了，她在冷的夜氣中，瑟縮地做夢，夢見春的到來，夢見秋的到來，夢見瘦的詩人將眼淚擦在她最末的花瓣上，告訴她秋雖然來，冬雖然來，而此後接著還是春，蝴蝶亂飛，蜜蜂都唱起春詞來了。她於是一笑，雖然顏色凍得紅慘慘地，仍然瑟縮著。

棗樹，他們簡直落盡了葉子。先前，還有一兩個孩子來打他們別人打剩的棗子，現在是一個也不剩，連葉子也落盡了。他知道小粉紅花的夢，

秋後要有春；他也知道落葉的夢，春後還是秋。他簡直落盡葉子，單剩幹子，然而脫了當初滿樹是果實和葉子時候的弧形，欠伸得很舒服。但是，有幾枝還低亞著，護定他從打棗的竿梢所得的皮傷，而最直最長的幾枝，卻已默默地鐵似的直刺著奇怪而高的天空，使天空閃閃地鬼睒眼；直刺著天空中圓滿的月亮，使月亮窘得發白。

鬼睒眼的天空越加非常之藍，不安了，彷彿想離去人間，避開棗樹，只將月亮剩下。然而月亮也暗暗地躲到東邊去了。而一無所有的幹子，卻仍然默默地鐵似的直刺著奇怪而高的天空，一意要制他的死命，不管他各式各樣地睒著許多蠱惑的眼睛。

哇的一聲，夜遊的惡鳥飛過了。

我忽而聽到夜半的笑聲，吃吃地，似乎不願意驚動睡著的人，然而四圍的空氣都應和著笑。夜半，沒有別的人，我即刻聽出這聲音就在我嘴裡，我也即刻被這笑聲所驅逐，回進自己的房。燈火的帶子也即刻被我旋高了。

後窗的玻璃上丁丁地響，還有許多小飛蟲亂撞。不多久，幾個進來了，許是從窗紙的破孔進來的。他們一進來，又在玻璃的燈罩上撞得丁丁地響。一個從上面撞進去了，他於是遇到火，而且我以爲這火是眞的。兩三個卻休息在燈的紙罩上喘氣。

那罩是昨晚新換的罩，雪白的紙，折出波浪紋的疊痕，一角還畫出一枝猩紅色的梔子。

猩紅的梔子開花時，棗樹又要做小粉紅花的夢，青蔥地彎成弧形了……我又聽到夜半的笑聲；我趕緊砍斷我的心緒，看那老在白紙罩上的小青蟲，頭大尾小，向日葵子似的，只有半粒小麥那麼大，遍身的顏色蒼翠得可愛，可憐。

我打一個呵欠，點起一支紙煙，噴出煙來，對著燈默默地敬奠這些蒼翠精緻的英雄們。

影的告白

我獨自遠行，不但沒有你，
並且再沒有別的影在黑暗裡。
只有我被黑暗沉沒，
那世界全屬於我自己。

人睡到不知道時候的時候，就會有影來告別，說出那些話——

有我所不樂意的在天堂裡，我不願去；有我所不樂意的在地獄裡，我不願去；有我所不樂意的在你們將來的黃金世界裡，我不願去。

然而你就是我所不樂意的。

朋友，我不想跟隨你了，我不願住。

我不願意！

嗚呼嗚呼，我不願意，我不如彷徨於無地。

我不過一個影，要別你而沉沒在黑暗裡了。然而黑暗又會吞併我，然而光明又會使我消失。

而光明又會使我消失。

然而我不願彷徨於明暗之間，我不如在黑暗裡沉沒。

然而我終於彷徨於明暗之間，我不知道是黃昏還是黎明。我姑且舉灰黑的手裝作喝乾一杯酒，我將在不知道時候的時候獨自遠行。

嗚呼嗚呼，倘是黃昏，黑夜自然會來沉沒我，否則我要被白天消失，

如果現是黎明。

朋友，時候近了。

我將向黑暗裡彷徨於無地。

你還想我的贈品。我能獻你什麼呢？無已，則仍是黑暗和虛空而已。

但是，我願意只是黑暗，或者會消失於你的白天；我願意只是虛空，決不占你的心地。

我願意這樣，朋友——

我獨自遠行，不但沒有你，並且再沒有別的影在黑暗裡。只有我被黑暗沉沒，那世界全屬於我自己。

求乞者

我將得不到佈施，得不到佈施心；

我將得到自居於佈施之上者的煩膩，疑心，憎惡。

我將用無所為和沉默求乞……

我順著剝落的高牆走路，踏著松的灰土。另外有幾個人，各自走路。微風起來，露在牆頭的高樹的枝條帶著還未乾枯的葉子在我頭上搖動。

微風起來，四面都是灰土。

一個孩子向我求乞，也穿著夾衣，也不見得悲戚，近於兒戲；我煩膩他這追著哀呼。

我走路。另外有幾個人各自走路。微風起來，四面都是灰土。

一個孩子向我求乞，也穿著夾衣，也不見得悲戚，但是啞的，攤開手，裝著手勢。

我就憎惡他這手勢。而且，他或者並不啞，這不過是一種求乞的法子。

我不佈施，我無佈施心，我但居佈施者之上，給與煩膩，疑心，憎惡。

我順著倒敗的泥牆走路，斷磚疊在牆缺口，牆裡面沒有什麼。微風起來，送秋寒穿透我的夾衣；四面都是灰土。

我想著我將用什麼方法求乞：發聲，用怎樣聲調？裝啞，用怎樣手勢？……

另外有幾個人各自走路。

我將得不到佈施，得不到佈施心；我將得到自居於佈施之上者的煩膩，疑心，憎惡。

我將用無所爲和沉默求乞……

我至少將得到虛無。

微風起來，四面都是灰土。另外有幾個人各自走路。

灰土，灰土……

……

灰土……

復仇

然而他們倆對立著，在廣漠的曠野之上，
裸著全身，捏著利刃，
然而也不擁抱，也不殺戮，
而且也不見有擁抱或殺戮之意。

人的皮膚之厚，大概不到半分，鮮紅的熱血，就循著那後面，在比密密層層地爬在牆壁上的槐蠶更其密的血管裡奔流，散出溫熱。於是各以這溫熱互相蠱惑、煽動、牽引，拼命希求偎倚、接吻、擁抱，以得生命的沉酣的大歡喜。

但倘若用一柄尖銳的利刃，只一擊，穿透這桃紅色的，菲薄的皮膚，將見那鮮紅的熱血激箭似的以所有溫熱直接灌溉殺戮者；其次，則給以冰冷的呼吸，示以淡白的嘴唇，使之人性茫然，得到生命的飛揚的極致的大歡喜；而其自身，則永遠沉浸於生命的飛揚的極致的大歡喜中。

這樣，所以，有他們倆裸著全身，捏著利刃，對立於廣漠的曠野之上。

他們倆將要擁抱，將要殺戮……

路人們從四面奔來，密密層層地，如槐蠶爬上牆壁，如馬蟻要扛鯗頭。衣服都漂亮，手倒空的。然而從四面奔來，而且拼命地伸長脖子，要賞鑒這擁抱或殺戮。

他們已經預覺著事後自己的舌上的汗或血的鮮味。

然而他們倆對立著，在廣漠的曠野之上，裸著全身，捏著利刃，然而也不擁抱，也不殺戮，而且也不見有擁抱或殺戮之意。

他們這樣地至於永久，圓活的身體，已將乾枯，然而毫不見有擁抱或殺戮之意。

路人們於是乎無聊，覺得有無聊鑽進他們的毛孔，覺得有無聊從他們自己的心中由毛孔鑽出，爬滿曠野，又鑽進別人的毛孔中。他們於是覺得喉舌乾燥，脖子也乏了；終至於面面相覷，慢慢走散，甚而至於居然覺得乾枯到失了生趣。

於是只剩下廣漠的曠野，而他們倆在其間裸著全身，捏著利刃，乾枯地立著；以死人似的眼光，賞鑒這路人們的乾枯，無血的大戮，而永遠沉浸於生命的飛揚的極致的大歡喜中。

復仇（其二）

突然間，碎骨的大痛楚透到心髓了，
他即沉酣於大歡喜和大悲憫中。
他腹部波動了，悲憫和咒詛的痛楚的波。
遍地都黑暗了。

因為他自以為神之子，以色列的王，所以去釘十字架。

兵丁們給他穿上紫袍，戴上荊冠，慶賀他；又拿一根葦子打他的頭，吐他，屈膝拜他；戲弄完了，就給他脫了紫袍，仍穿他自己的衣服。

看哪，他們打他的頭，吐他，拜他⋯⋯

他不肯喝那用沒藥調和的酒，要分明地玩味以色列人怎樣對付他們的神之子，而且較永久地悲憫他們的前途，然而仇恨他們的現在。

四面都是敵意，可悲憫的，可咒詛的。

丁丁地想，釘尖從掌心穿透，他們要釘殺他們的神之子了；可憫的人們呵，使他痛得柔和。丁丁地想，釘尖從腳背穿透，釘碎了一塊骨，痛楚也透到心髓中，然而他們釘殺著他們的神之子了，可咒詛的人們呵，這使他痛得舒服。

十字架豎起來了；他懸在虛空中。

他沒有喝那用沒藥調和的酒，要分明地玩味以色列人怎樣對付他們的

神之子，而且較永久地悲憫他們的前途，然而仇恨他們的現在。

路人都辱罵他，祭司長和文士也戲弄他，和他同釘的兩個強盜也譏誚他。

看哪，和他同釘的……

四面都是敵意，可悲憫的，可咒詛的。

他在手足的痛楚中，玩味著可憫的人們的釘殺神之子的悲哀和可咒詛的人們要釘殺神之子，而神之子就要被釘殺了的歡喜。突然間，碎骨的大痛楚透到心髓了，他即沉酣於大歡喜和大悲憫中。

他腹部波動了，悲憫和咒詛的痛楚的波。

遍地都黑暗了。

「以羅伊，以羅伊，拉馬撒巴各大尼?!」（翻出來，就是：我的上帝，你為什麼離棄我?!）

上帝離棄了他，他終於還是一個「人之子」；然而以色列人連「人之

腥
。

釘殺了「人之子」的人們身上，比釘殺了「神之子」的尤其血污，血

子」都釘殺了。

風箏

他什麼也不記得了。
故鄉的春天又在這異地的空中了，
既給我久經逝去的兒時的回憶，
而一併也帶著無可把握的悲哀。

北京的冬季，地上還有積雪，灰黑色的禿樹枝丫又於晴朗的天空中，而遠處有一二風箏浮動，在我是一種驚異和悲哀。

故鄉的風箏時節，是春二月，倘聽到沙沙的風輪聲，仰頭便能看見一個淡墨色的蟹風箏或嫩藍色的蜈蚣風箏。還有寂寞的瓦片風箏，沒有風輪，又放得很低，伶仃地顯出憔悴可憐模樣。但此時地上的楊柳已經發芽，早的山桃也多吐蕾，和孩子們的天上的點綴相照應，打成一片春日的溫和。我現在在哪裡呢？四面都還是嚴冬的肅殺，而久經訣別的故鄉的久經逝去的青天，卻就在這天空中蕩漾了。

但我是向來不愛放風箏的，不但不愛，並且嫌惡他，因為我以為這是沒出息孩子所做的玩藝。和我相反的是我的小兄弟，他那時大概十歲內外罷，多病，瘦得不堪，然而最喜歡風箏，自己買不起，我又不許放，他只得張著小嘴，呆看著空中出神，有時至於小半日。遠處的蟹風箏突然落下來了，他驚呼；兩個瓦片風箏的纏繞解開了，

他高興得跳躍。他的這些，在我看來都是笑柄，可鄙的。

有一天，我忽然想起，似乎多日不很看見他了，但記得曾見他在後園拾枯竹。我恍然大悟似的，便跑向少有人去的一間堆積雜物的小屋去，推開門，果然就在塵封的雜物堆中發現了他。

他向著大方凳，坐在小凳上；便很驚惶站了起來，失了色瑟縮著。大方凳旁靠著一個蝴蝶風箏的竹骨，還沒有糊上紙，凳上是一對做眼睛用的小風輪，正用紅紙條裝飾著，將要完工了。我在破獲祕密的滿足中，又很憤怒他的瞞了我的眼睛，這樣苦心孤詣地來偷做沒出息孩子的玩藝。

我即刻伸手折斷了蝴蝶的一支翅骨，又將風輪擲在地下，踏扁了。論長幼，論力氣，他是都敵不過我的，我當然得到完全的勝利，於是傲然走出，留他絕望地站在小屋裡。

後來他怎樣，我不知道，也沒有留心。

然而我的懲罰終於輪到了，在我們離別得很久之後，我已經是中年。

我不幸偶而看了一本外國的講論兒童的書，才知道遊戲是兒童最正當的行為，玩具是兒童的天使。於是二十年來毫不憶及的幼小時候對於精神的虐殺的這一幕，忽地在眼前展開，而我的心也彷彿同時變了鉛塊，很重很重的墮下去了。

但心又不竟墮下去而至於斷絕，他只是很重很重地墮著，墮著。

我也知道補過的方法的：送他風箏，贊成他放，勸他放，我和他一同放。我們嚷著，跑著，笑著──然而他其時已經和我一樣，早已有了鬍子了。

我也知道還有一個補過的方法的：去討他的寬恕，等他說，「我可是毫不怪你呵。」那麼，我的心一定就輕鬆了，這確是一個可行的方法。有一回，我們會面的時候，是臉上都已添刻了許多「生」的辛苦的條紋，而我的心很沉重。我們漸漸談起兒時的舊事來，我便敘述到這一節，自說少年時代的糊塗。「我可是毫不怪你呵。」我想，他要說了，我即刻

便受了寬恕，我的心從此也寬鬆了罷。

「有過這樣的事麼？」他驚異地笑著說，就像旁聽著別人的故事一樣。他什麼也不記得了。

全然忘卻，毫無怨恨，又有什麼寬恕之可言呢？無怨的恕，說謊罷了。

我還能希求什麼呢？我的心只得沉重著。

現在，故鄉的春天又在這異地的空中了，既給我久經逝去的兒時的回憶，而一併也帶著無可把握的悲哀。我倒不如躲到肅殺的嚴冬中去罷——但是，四面又明明是嚴冬，正給我非常的寒威和冷氣。

國家圖書館出版品預行編目資料

阿Q正傳／

魯迅著. —第1版. —：新北市, 前景

民 107.02 面；公分. - (文學經典：03)

ISBN◎978-986-6536-61-8 (平裝)

文學經典

03

阿Q正傳

作　　者　魯　迅
社　　長　陳維都
藝術總監　黃聖文
編輯總監　王　凌
出 版 者　前景文化事業有限公司
行銷企劃　普天出版家族有限公司
　　　　　新北市汐止區康寧街 169 巷 25 號 6 樓
　　　　　TEL／(02) 26921935 (代表號)
　　　　　FAX／(02) 26959332
　　　　　E-mail：popular.press@msa.hinet.net
　　　　　http://www.popu.com.tw/
　　　　　郵政劃撥 19091443 陳維都帳戶
總 經 銷　旭昇圖書有限公司
　　　　　新北市中和區中山路二段 352 號 2F
　　　　　TEL／(02) 22451480 （代表號）
　　　　　FAX／(02) 22451479
　　　　　E-mail：s1686688@ms31.hinet.net
法律顧問　西華律師事務所‧黃憲男律師
電腦排版　巨新電腦排版有限公司
印製裝訂　久裕印刷事業有限公司
出 版 日　2018 (民 107) 年 2 月第 1 版
ISBN◎978-986-6536-61-8　　　條碼 9789866536618
Copyright◎2018
Printed in Taiwan, 2018 All Rights Reserved

普 天 之 下 · 盡 是 好 書

普天 出版家族
Popular Press Family

凌雲 文創
A-Plus
Creative Company